KB140130

윤동주 시와

竹林 담시노트

−룡정 동산 하늘가에 별무리 흐른다…

▦ 김승종 金勝鍾

한국학술정보

윤동주 시와 **竹林** 담시노트

차례

들머리:

윤동주, 당신을 영원히 잊지 않겠습니다…

― "죽는 날까지 하늘을 우러러

한점 부끄럼이 없기를" …

1.

윤동주님,‒ 무사합니까?

이렇게 늦게나마 인사를 올려 참 미안한 나머지 죄송하기까지 합니다.

이 텁썩부리 시지기‒ 죽림이라는 눔애는 화룡 남평고급중학교 다닐 때부터 철부지 문학도(증인: 최룡관 시인, 허씨네 삼형제 ‒ 허충남, 허봉남, 허두남 작가 등)로서 문학을 한답시고 허덕지덕 하면서도 실로 윤동주님을 너무나도 몰랐었습니다.

이러구러 문학등단('도라지'잡지, 1984년도. 증인: 문창남, 리태근, 하태렬 작가 등) 40여년차 되어 가지만 동주님을 잘 모르면서도 늘 썩 곧잘 아는듯 엉긋벙긋 설쳐대군 하였습니다. 지금 생각하면 참 너무나도 어리석었었고, 참, 이것 또한 너무나도 '부끄러운 일'…

동주님, 지금 이 시각, 텁썩부리 죽림이라 눔애가 '불멸의 청년'― '저항시인', '민족시인', '별의 시인', '애국시인' 앞에 두 무릎을 꿇고 두 손 모아 크게 사죄, 사죄, 대사죄 합니다…

2.

언제(대략 1997년도)인가 연길에서 열린 연변작가협회 시분과 '두만강여울소리'시탐구회가 룡정에서 뒷마무리하던 날, 우리 몇몇 청년(그때는 그냥 문학도?!)문학도들이 택시를 세내여 갖고 명동을 찾아 떠났습니다. 울퉁불퉁 멧호박 진흙탕길(그때는 아스팔트길 아니였음)에서 차가 흙구덩이에 빠져 밀며 닥치며 털털털 명동 윤동주생가를 찾은것은, 저로서는 그때 '첫걸음'(증인: 김현순 시인, 김일량 시인, 김추월 시인 등)!.

그날, 알게 모르게 '무언가'는 뿌듯해났었습니다…

또 언제(대략 2002년도)인가 연변인민출판사 '중학생'잡지사에서 조직한 '윤동주문학상'수상자 및 력사답사 학생팀에 곁끼여 신에 달라붙는 진흙을 털며 오솔길(그때는 시멘트포장길 아니였음) 따라 허위허위 룡정 뒷동산 윤동주유택을 찾아 참배하는것도, 저로서는 그때 역시 '첫걸음'(증인: 허춘희 전 주필, 박문파 시인, 오경준 편집 등)!!.

그날도, 알게 모르게 역시 "무언가"는 뿌듯해났었습니다…

또 2003년도에 윤동주의 녀동생인 윤혜원과 그의 남편 오형범(호주 거주, 두 분 작고.)께서 화룡시신동소학교의 양용철

(소설 몇편 발표함) 교원을 앞세우고 저(화룡시농촌신용사 근무, 화룡시작가협회 주석 겸직.)를 찾아온바 있었습니다. 그분들과 이 얘기 저 얘기 나누던 중, 윤동주 묘소의 보수에 쓸 대리석이 수요되는데 마땅치 않다고 하는것이였습니다. 하여 그때 당시 질이 좋은 대리석을 가공하고 있던 화룡시대리석가공공장을 성심껏 소개한 뜻깊은 인연도 있었습니다…

그리고 썩 후, 2017년도, 가시꽃 열매들 다 여물어 가던 어느 늦가을 날, 중국 조선족 중견소설가 김혁 '량반'하고 두루두루 상차림을 정히 사갖고 자정 넘어 귀신이 씨나락 까먹는 오밤중, 윤동주유택 찾아 떠났습니다. 애타게 찾던 중 골짜기를 몇 개 넘고 가시철조망을 세겹 네겹 뚫고서라도 윤동주유택을 찾아 가며 헤매돌았으나 끝끝내 윤동주유택은 우리에게 길을 열어주질 않았었습니다…

그날 새벽녘까지 헤매돌던 길에서 윤동주님이 혹독하게 참혹하게 취조당하던 차디찬 감방과 감때사나운 현애탄이 거뭇틱틱 언뜩언뜩 옷싹옷싹 밟혀왔습니다…

수많은 사람들이 그렇게도 윤동주유택을 찾아 뵈였지만, 그것도 귀신이 씨나락 까먹는

오밤중에 윤동주유택을 찾아 실제 발길 옮긴것은 아마 죽림이라는 눔애 하고 김혁 소설가(증인)와 오로지 단 둘뿐이였다는, 오밤중의'첫걸음'!!!.

비록 그날 새벽녘까지 윤동주유택을 찾아 뵙지 못했었지만 윤동주님을 재다시 숙고하고 소인의 존재를 가일층 반성하는 계기가 되었다는것만으로도 뿌듯해났습니다…

그 외, 2018년도 음력설 날(우연일치로 윤동주 사망된 날 2월 16일), 남들은 화기애애하게 단란히 집에서 설 쇠고 있었

8

지만, '룡정 윤동주연구회' 임원들과 함께 윤동주유택 찾아 참배하는, 저의 음력설 날의 '첫걸음'(증인: 김혁 소설가, 리승국 소설가, 심명주 시인 등)!!!!.

죄송하지만 텁썩부리가 몇 개의 '첫걸음'을 굳이 장황하게 '자랑스레' 군넋두리로 지절대는것도, 역시 참 '부끄러운 일'…

3.

윤동주(1917 년 12 월 30 일 - 1945 년 2 월 16 일 오전 3 시 36 분)는 연변이 낳은 걸출한 '향토시인', '저항시인', '민족시인', '별의 시인', '애국시인'입니다.

룡정 명동에는 버젓이 윤동주를 낳은 생가와 윤동주가 다녔던 명동학교가 있고, 룡정 시내에는 광명중학교(윤동주, 문익환 편입) 옛터도 있으며, 또한 그 부근엔 대성중학교(청년문사 송몽규, 현 룡정중학교)도 먼 발치에 보이고 있습니다. 그리고 소위 '영국더기'라고 불리우는 곳엔 윤동주가 다녔던 은진중학교(송몽규, 문익환 함께 입학)옛터가 있고, 그 가까이엔 윤동주의 장례식이 치러졌던 룡정 자택 옛터(옛 룡정 靖安區 濟昌路 1-20, 현 룡정.윤동주연구회 사무실)도 있습니다…

그리고 수묵화같은 동산에는 시인 윤동주유택과 청년문사 송몽규유택도 있는것, 또한 자명한 사실…

두멧 뻐빡골 죽림툰에 시집 온 저의 어머님[본관:파평 윤씨, 애명:윤철산, 본명:윤금자]은 코풀레기 저를 업고 룡정을 걸쳐

두만강 건너 회령[저의 이모 계셨음]으로 친지 나들이를 했었던것이 어슴푸레나마 떠올려지며 가슴 한구석이 늘 먹먹해지군 한답니다. 왜냐하면 저의 어머님은 룡정 시가지를 지나 오갈 때마다 늘쌍 '새양한(함경북도 방언; 볕이 잘 들게 되어 있다, 양지바르고 살맛나다, 산뜻하고 아담하다, 깔끔하고 고상하다 등 등 뜻함.)' 룡정은 진짜로 살고싶은 곳이라며 사시(四時) 외우시군 하셨습니다. 하여, 막내 아들인 저는 울 어머니가 룡정에서 살아보시지 못한 그 '한'을 얼마만이라도 풀어 드릴려고 화룡 시가지에서 2019년도에 룡정 시가지로 호적을 옮기기도 하였습니다…

윤동주의 시 필기장은 '나의 습작기의 시 아닌 시', '창 – 나의 시작', '하늘과 바람과 별과 시(원 시집 제목 [병원])' 등 등으로 조성…

윤동주는 77부 한정판 시집을 출간하려 했으나 여러 가지 원인으로 성사못함. 하여 세부를 필사하여 한부는 윤동주 본인이 갖고 두부는 각 각 연희전문학교 이양하(李揚河) 조선어교수와 친구 정병욱(鄭炳昱) 아우에게 증정, 정병욱 친구는 어머니[위대한 어머니]께 부탁해 윤동주의 필사본 자선시집을 섬진강 하구 전라남도 광양군 진월면 망덕리 23번지 고향집 마루밑에 명주보자기로 정히 싸 오지항아리에 넣고 보관, 그후 해빛 봄. 그리고 '습유작품(낱개 종이나 친구에게 보내였던 엽서에 씌여진 시)', 그 외 산문 네편.

윤동주 시는 중국어, 일본어, 영어, 불어, 체코어, 스페인어 등 8개 언어로 번역됨.

흑백영화 '동주' 개봉됨(개봉하는 날, 이 시지기는 영화관에서 련속 세 번 관람했음).

뮤지컬(창작가무극) '윤동주, 달을 쏘다' 공연됨…

그리고 세계를 휩쓰렀던 코로나(2019년도, 증명인;김혁 회장, 소설가)가 터지기전 해에 윤동주의 조카인 윤인석 교수님(한국 성균관대)과 그 일가 친척 일행들이 룡정 윤동주연구회 사무실(윤동주 자택, 윤동주 장례식 자리) 방문시 만나 뵙고 많은 얘기를 나눈적이 있었고, 윤동주 녀동생 윤혜원의 따님인 오인경녀사님께서도 룡정 윤동주연구회 사무실 방문(2018년도와 2024년도, 증명인;김혁 회장, 소설가)시 만난 추억도 있었고 …

…특히 근 몇 년간, 윤동주와 관련된 시지기- 죽림의 '행동반경'이 사뭇 달라지기 시작했습니다…

왜냐하면 무릇 외국에서 윤동주연구 관련 석사, 박사가 수십여명 배출, 그 연구물들 또한 수백여편, 하지만 우리 조선족문단에서는 윤동주 관련 연구물이 손가락으로 꼽을수 있는 정도, 심지어 지금 현시점에서 '외면'까지 하고 있는 상황, 이 또한 '부끄러운' 일…

하여 이 텁썩부리는 시밭에서의 새로운 '출구'를 찾기로 '강심제'를 먹었습니다.

윤동주 시 120편(그중 동시 34편)을 여러번 '독파하기', '사진판 윤동주 자필 시고전집(민음사 출판)'에 실린 시원고와 이미전 여러 각 지면에 떠올려진 윤동주 시고(많은 윤동주 시고 부분에서 오자가 있었음. 심지어 윤동주의 시가 아닌것도 변형되어 등고되어 있었음.)들을 일일이 대조, 그리고 저의 대형 블로그 '시지기-죽림'에 윤동주 시를 정확하게 바로잡아 다시 올리며 '매일 윤동주 시 한편씩 공부하기', 그리고 윤동주의 전반적 매개의 시를 독료한 후, 중국 조선족으로서 또한 시를 좋아하고 시깨랍시고 극쩍극쩍 거리는 놈으로서, 윤동주 시를 들어다보는 각도로 담시(이야기시), 내지 혹은 '독후감 + 시 = 독후감시?(- 필자의 제기법?)'를 짓어 내놓겠다는것 등 등… (윤동주의 매개 시 편편마다 일일이 '담시'를 배합한것은 아마 시지기- 죽림이라는 놈애가 처음?일듯.) 하여 조심스러 또한 경건한 마음 가짐으로 윤동주의 시의 커다란 '보석상자' 를 열기 시작했습니다…

하지만 죽림의 무딘 졸필로 동주의 시를 담시의 형식을 빌어 '독후감시'랍시고 언감생심 썼는데 어폐되겠는지 모르겠습니다.

그리고 저의 '죽림 담시노트'에서 시인 윤동주에 한하여 여러 가지로 된 저로서만의 '제기법?'이 있는데 혹, 그에 해당되어서 의의(疑意)가 있으면 서슴없이 많은 편달이 있기를 바라 마지 않습니다…

모든 독자제씨들, 역시 량지, 질정하기를-!…

사실, 이번 작업은 진짜 간고하고 방대한 작업(10 여년, 이 '죽림 담시노트'를 집필하면서 몇번 이나 '병원' 신세 노릇했었음.)이였다는것을 진짜 이실직고 합니다…

앗,- '뼈가 강한 죄' 때문에 이슬처럼 사라진 윤동주님 앞에서 구구절절 '간고하고 방대한 작업'이였다라고 뻔뻔스럽게 서슴없이 혀를 놀리는 이 죽림이라는 놈애가 더더욱 '부끄럽기' 짝이 없습니다… 죄송!!!…

'부끄러움'을 느낀다는것 '부끄러움' 아니라 '부끄러움'을 모르는것이 '부끄러운' 것이라고 합니다.

4.

력사란 과거를 통해 현재를 리해, 정시하고 미래적인 새로운 전망을 만들어가는 작업.

인간이란 모두 평등한것. 인류의 총체적인 공동체속에는 소위 '네 편', '내 편'이란 그림자도 없습니다.

윤동주는 이젠 더는 불가적인 '영토'가 아닐 뿐만 아니라 더더욱 민족도 국경도 없는 온 지구촌의 한 일원으로서 오로지 시라는 매개물, 촉매제로 '공통분모'가 되여야 합니다… 육체적으로 죽은 윤동주를 이젠 살아 숨쉬는 령혼의 고향으로 돌려보내여 재부활하게 합시다.

인젠, 정말로 검은 장막아래에서 '꽁보리밥'이나 '콩밥' 먹던 곰팡이 득실거리는 세월도 몸서리쳐 싫습니다…

'콩깨묵'이나 '벼짚섞인 두병(소설 '20 세기 신화', 김학철 저)' 등을 '도적질' 해먹던 시대도 진저리나서 싫습니다… '콩깍대가루떡'이나 '소나무속껍질 - 송피떡'을 먹으며, 붉은 천막아래에서 서로서로 마음의 담벽을 높이 높이 쌓고 고래고래 목소리를 높혀가며, 눈먼 살인마가 되는것을 '영광'으로 삼던 력사의 재현도 싫습니다.

그리고 펄떡펄떡 뛰던 열혈남아들이 '정체 모를 주사(생체실험용 식염수)'를 맞고 창창히 유명을 달리하게 하는 천추공노

13

의 세상이 더는 재도래되는것 역시 천부당만부당 일, -참, 시척지근하게 지긋지긋 역겹고 역겹기 짝없습니다…

늘 '백화제방, 백가쟁명'의 문은 활짝 열려 있어야…

'임금님의 귀가 당나귀만큼 크다'라고, '임금님이 벌거벗었다'라고 솔직히 말할수 있는 현장 터전이 필요한 시점,-…

지금, 금전만능주의, 향락주의, 리기주의, 살인마귀주의, 테러주의, 병정주의 등 등이 날로 창궐하게 과잉, 팽창되여가는 이때, 윤동주를 굳이 굳이 떠올리는것은 '그이의 아름다운 생각, 맑은 령혼, 진리를 향한 열정, 인간을 향한 순수함 그리고 민족이나 나라를 뛰여넘는 우주적, 보편적 량심이 우리에게 꼭 필요하기 때문, …오늘날 그를 기억하고 그의 시를 되뇌이는 일은 우리 민족공동체의 운명을 걱정하고 비전을 위해 뛰고 있는 이들에게 더없이 보배로운 체험과 계시로 될것(김혁 작 '윤동주 코드')'이기 때문…

주지하다시피 공생, 공존, 공의, 공영의 터전을 마련하여 '동 섣달에도 꽃'을 피우고 열매를 맺게 해야 합니다. 그리고 '얼음아래'에서도 드넓고 아름다운 '전당'을 짓어주어 '잉어'떼들로 하여금 맘껏 자유로이 헤염치게 해야 할 뿐만 아니라 활무대를 정정당당히 마련해줘야 합니다…

'우리 말 인쇄물이 앞으로 사라질것이니 무엇이나, 악보까지도 다 사서 모으라'고 동생들에게 신신당부했던 사나이- 동주.

윤동주는 우리만의 시인이 아닌 인류의 시인으로서, 세계 어디서나 참된 실재주의적 인류애가 진심으로 흠뻑 담긴 시를, 아름다운 우리 말과 글로 시창작하였을 뿐만 아니라 더군다나

14

우리 말과 글을 창궐하게 말살하던 암울한 시기에 썼다는 사실, 늘 가슴이 먹먹해나며 또한 눈시울이 뜨거워남을 금할수 없습니다.

인류가 사는 곳이라면 그 언제 그 어디든 통할수 있는 보편적인 정서인 인도주의를 시로 표현한것은 윤동주시인이 이 땅에 심은 영원하고 찬란한 '무형자산'입니다…

연민의 정을 아주 쉽고 정제된 언어로 시를 쓴 윤동주는 결국 우리 가슴마다에 더 깊숙이 박혀 인류의 시인으로 거듭 거듭 자라나고 있습니다. 윤동주는 인류에 대한 사랑과 생명에 대한 사랑으로 시를 썼습니다.윤동주의 시는 우리들의 라침판이며 리정표이며 길잡이이며 메아리이며 또한 기나 긴 한줄기 빛입니다…

하지만 설상가상으로 요즘 우리 말, 우리 글 '무용론'이 슬슬 꼬리를 쳐들고 있는데… 후유,-

이후 아름다운 우리 말, 우리 글의 '마지막 수업(프랑스 작가 도데)'만 없기만을!

'가장 민족적인것이 가장 세계적인것, 또한 가장 세계적인것이 가장 민족적인것'이라고 독일 시인 괴테가 말한적이 있습니다.

해내외 두루 살펴봐도 허다한 곳에서는 위인들을 놓고 서로서로 본지방 위인이다 라고 갑론을론 분쟁까지 해가며 없는것도 일부러 만들어(잘 하는 일인지?, 아니면 잘 못하는 일인지?) 모든것 련쇄적으로 '홍행'하고 있는데 비해, 여기 '문화도시'란 곳에서는 남들이 흉내낼수도 없는 문화풍토(신토불이)가 여기저기 널려 있음에도 불구하고 그것마저도 중요시 여기지 않을 뿐만 아니라, 심지어 철환, 방임, 타매하고 얼토당토 첨가물을 쳐가며까지 하고 있으니 '하토(下土) 백성'으로서는 그저 속수무책, 안타깝기 짝이 없을 따름. 후유─…

사람마다에게 이것 한가지만 먹어라 하면 아마 질릴것이며 대번에 대항할것입니다. 밥상에 이것 저것 만가지를 차려놓고 너남없이 수절이 오르락내리락 하게 해야 화기애애지고 깨기름 이 동동 돌고 돌것이 아니겠습니까?!….

세상의 온갖 문학도 마찮가지로서 이것 안된다, 저것 못쓴다 하면 늘쌍 재밋없습니다. 오직 만방의 문학은 그 어느 때나 그 어디에서나 수라상이 되여야 풍성하고 맛갈스럽습니다…

독재주의는 그 언제나 그 어디에서나 력사의 심판대에 오를 기 마련인것입니다.

우리들에게 있어서 얻기 어려운 력사적인 자료와 전통적인 교재, 귀중한 문화적 유산과 정신적 재부, 훌륭한 인문자원과 문화산업력량 등을 잘 보호, 계승, 활용하는것은 무엇보다도 저버릴수 없는 너, 나, 타의 최적, 최대한의 의무입니다…

'지원을 하데 관섭을 하지 않는다'…

이 얼마나 좋은 '관용의 법칙'인가요… 우리 문단에서도 늘 살벌한 애기만 오갈것이 아니라, 하루 빨리 본연의 사람 냄새 나는 백화만발의 터전이 마련되여 온갖 뭇 새들이 날아들게 하 였으면…

무릇 '일적과 싸우다 사망된 사람'은 지역과 민족, 국적과 인종 및 성별 등 등을 불문하고 그들의 유훈, 유계, 유혼을 기리는것, 이는 력사유물주의와 변증법적 유물관에도 부합되는 일이라고 봅니다.

더더욱 '총칼 대신 육필'로 범민족적 사랑을 고취한 윤동주가 일적의 '정체 모를 주사'를 맞고 '생체실험(윤동주의 고종사촌 송몽규도 역시[생체실험]으로 사망됨.)'을 당했음에랴…

특히, 군국주의의 부활을 꿈꾸고 있는 렬강 우익세력들이 지난 력사의 앞에서 철저히 반성할 대신 여전히 력사를 왜곡하고 있는 이때, 미래지향적으로 올바른 력사의식을 갖고 '평화'와 '번영'이라는 '나이테'를 범민족적인 보편화의 성스러운 넓은 무대위에서 폭넓게 재다시 그려 나아가야 한다고 봅니다.

평화와 야망은 한 집안에서 절대 살수 없습니다…

'홍익인간'의 세계적, 국제적인 공동체의식을 널리 고양해야 할 뿐만 아니라 융합이라는 테마를 갖고 늘 실천해 나아가야 합니다…

우리 모두 두 손을 뜨거운 심장에 없고 진정으로 심사숙고해야 할 필요성이 있지 않겠습니까?!

제발 다시는 모두가 력사의 죄인이 되지 말기만을…

'력사를 잊는 민족에게는 미래가 없다'라고 독립운동가이며 력사학자인 신채호님께서 이미 설파한적이 있습니다.

오로지 윤동주를 비롯한 선대들이 꿈꾸었었고 펼치려했던 '평화'라는 큰 그림을 온 지구촌의 공동체속에서 그려 나아가야 할뿐만 아니라 또한 크게 펼쳐 나아가야 한다는것, 이것은 영원히 영원히 진행형입니다…

윤동주는 늘 생활 있는 그대로 사랑한 시인입니다.

어제와 오늘은 래일의 찬란한 디딤돌입니다…

29 살의 짧디짧은 생애에 '하늘을 우러러 한점 부끄럼이 없기를' 실현한 시성 - 윤동주의 삶과 그의 혼백이 영원불멸 자손만대 길이길이 전해져 가기만을 빌고 빕니다…

그리고 미래의 대들보를 짊어지고 앞으로 나아가야 할 사랑하는 우리 청소년들에게 한가지 부탁이 있습니다.

즉, 우리 다 함께 인류의 본질적인 삶을 같이 추구, 고민하는데서 이 '팔삭둥이' 졸시집이 '이 섬에서 저 섬을 잇는', 고즈넉한 '섶다리'의 가교가 되었으면 하는 '자그마한 소망'이 있을뿐…

5.

이 담시(이야기시), 내지 혹은 '독후감 + 시 = 독후감시?'를 짓기까지 '사진판 윤동주 자필 시고전집'(왕신영, 심원섭, 오오무라 마스오, 윤인석, 2011 년판, 민음사), '윤동주 평전' (송우혜, 2014 년판, 서정시학), '하늘을 우러러 한점 부끄럼 없기를'(윤동주 저, 리영 역, -조한대조 시집, 2012 년판, 북경출판사, 연변인민출판사), '윤동주 코드'(김혁, 2015 년판, 연변인민출판사) 등 저서들과 각 블로그, 각 카페에서의 자료 (일일히 이름 밝히지 못하여 죄송함.)들을 참고문헌으로 사용하였음을 밝힘과 아울러 그에 관련하여 저저마다에 고마움과 함께 감사함을 전갈합니다…

18

그리고 병마에 시달리면서도 흥쾌히 디자인녀가 되어 준 김현순 시우님과 이 '죽림 담시노트' 출간에 늘 왼심을 써 주신 한국 노귀남박님('조선족통')께도 감사와 고맙다는 인사를 여기에 적습니다.

  6.

  이 텁썩부리 시지기는 이 졸담시노트를 '감히?(늘 질정을 빌면서)' '남의 나라' 우지강변가(송별회)에서 허스키하고 애수에 젖은 목소리로 '아리랑'을 우렁차게 불렀었던, '불멸의 청년'- '향토시인', '저항시인', '민족시인', '별의 시인', '애국시인', '세계시인'- 윤동주님께 정중히 삼가 삼가 드리옵니다…

  7.

  이 시지기-죽림은 시의 '집중영'에서 자기의 피를 빨아 먹으며, 자기의 살점을 뜯어 먹으면서, 자기의 뼈를 갉아 먹으면서, 그 언제나 찬란히 '록색평화문학'과 함께, 죽혼과 함께, 시혼과 함께, 시의 벼랑길을 톺으며 영원히 영원히 새하야니 새하야니 터벅터벅 걸어 가고 걸어 갈것입니다…

  8.

<일러두기>—

　* 이 '윤동주 시감상록'에서 윤동주 시를 전문, 또는 절록하여 인용할 때, '사진판 윤동주 자필 시고전집'(왕신영, 심원섭, 오오무라 마스오, 윤인석, 2011 년판, 민음사)과 '하늘 우러러 한점 부끄럼 없기를'(윤동주 저, 리영. 조중'朝中'대역시집, 2012 판, 북경출판사와 연변인민출판사 공동련합 출판)에 수록된 시작품을 참조. 윤동주 시편들을 작시 년대순이 아닌 내용에 따라 분류, 배렬하면서 상시된 저서들을 '전범(典範)'의 저본(底本)으로 하였음을 밝힙니다.

　*윤동주 시를 인용, 절록할 때 최대한 윤동주의 시의 운률이나 어감을 해치지 않고 최대한 보존하는 전제 조건을 념두에 두고, 중국조선어사정위원회에서 제정한 현행 '조선말규범'을 기준으로 하였으며, 일부 사투리는 중국 연변 사투리를 썼음을 밝힙니다.

　*이 '죽림 담시노트'를 집필하며 있어서 조선말 맞춤법과 띄여쓰기 표기법 및 사투리 등에 관련되여 세 집(중국, 한국, 조선)의 '눈치'를 보느라 큰 '곤혹'을 치렀음을 이실직고 합니다.

　하루 빨리 조선말(한글) 맞춤법과 띄여쓰기 표기법 등등 법안(사전 포함)에서 공동적인 진정한 한민족의 '조선말통일대규법'이 '출산'되기를 기원하는바입니다.

　*이 '죽림 담시노트'에서 매편(120 수)마다에 윤동주의 시편의 시어(단어나 구절)를 따서 문장부호 " "를 쳐가며 저의 담시에 '가미'하였음을 특히 정중히 밝힙니다.

*이 '죽림 담시노트'에서는 윤동주의 매편의 시를 더 부각하
는 의미상 원칙으로 삼기 위해, 본 시집에서는 문장부호 " "를
윤동주의 시편(단어나 구절 포함)에만 사용, 그외 문장부호 '
', ( ), [ ], -, ─ 등 등을 사용하여 표기했음을 밝힙니다.

　　─선뜻 잠 못드는 "무서운" 한 "겨울" "밤",

　　　　　　　　　　　　　"새양한" 룡정에서.

21

제 1 부

"어머님, 나는 별 하나에
아름다운 말 한마디씩
불러봅니다"…(1~20)

[1] ~윤동주 시 "초 한 대"~

초 한대—
내 방에 품긴 향내를 맡는다.

광명의 제단이 무너지기전
나는 깨끗한 제물을 보았다.

염소의 갈비뼈 같은 그의 몸
그의 생명인 심지까지
백옥같은 눈물과 피를 흘려
불살라버린다.

그리고도 책상머리에 아롱거리며
선녀처럼 초불은 춤을 춘다.

매를 본 꿩이 도망하듯이
암흑이 창구멍으로 도망한

나의 방에 품긴
제물의 위대한 향내를 맛보노라.

　　　　　　1934 년 12 월 24 일.

~竹林 담시노트~

1

소시적에 늘 초를 켰었었다
두만강 건너에서 오는 전기는 늘 오락가락 할 때마다
복자가 새겨져 있는 왕사발 뒷 밑굽에서
눈물 떨구는 초불은 늘 아버지를 그림자로 만들군 했었다
그때마다 시래기된장국에 보리좁쌀감자밥은
히누루께한 초 빛고름에 뒤섞여
"선녀처럼 춤을 추"며 "책머리에 아롱거리"였었다

   "...
   광명의 제단이 무너지기전
   나는 깨끗한 제물을 보았다.

   염소의 갈비뼈 같은 그의 몸
   그의 생명인 심지까지
   백옥같은 눈물과 피를 흘려
   불살라버린다.

   ...”

~윤동주 시 "초 한대"에서
      1934.12.24.

하지만,
그것이 "광명의 제단이 무너지기 전
나는 깨끗한 제물"인것을 "보아"내지 못했었고
더구나,
그것이 "염소의 갈비뼈 같은"것임을 전혀 짓씹어보지도 못
했었고
또한 그것이 "백옥 같은 눈물과 피를 흘려
불살려 버림"의 "위대한 향내"임을 처절히 "맛볼"줄도 몰랐
었다
같은 또래 15세였음에도,―
(동주가 시 "초 한대"를 쓸 때가 15세.)

오늘,
어머니가 손수 복숭아 가지를 휘저으며 만든 초를
이 내 마음속에서 곧게 세우고 "심지"에 불붙힌다…
초야, 초야,―
나와 살자…

[2] ~윤동주 시 "삶과 죽음"~

삶은 오늘도 죽음의 서곡을 노래하였다.
이 노래가 언제나 끝나랴.

세상 사람은-
뼈를 녹여내는듯한 삶의 노래에
춤을 춘다
사람들은 해가 넘어가기전
이 노래 끝의 공포를
생각할 사이가 없었다.

(나는 이것만은 알았다.
이 노래의 끝을 맛본이들은
자기만 알고
다음 노래의 맛을 알려주지 아니하였다.)

하늘 복판에 알 새기듯이
이 노래를 부른자가 누구뇨
그리고 소낙비 그친 뒤같이도
이 노래를 그친자가 누구뇨.

죽고 뼈만 남은
죽음의 승리자 위인들!

   1934 년 12 월 24 일.
~竹林 담시노트~
2

1934년 12월 24일,-

그렇게 잘 놀러오던 익환(늦봄)이도
그렇게도 재잘거리던 몽규(한범)도
오늘은 그림자 하나 없다
참새잡이 갔을가…
토끼옹노놓이 갔을가…
설한풍이 창호지를 세차게 핥는다

"삶은 오늘도 죽음의 서곡을 노래하였다.
이 노래가 언제나 끝나랴.

세상 사람은ㅡ
뼈를 녹여내는듯한 삶의 노래에
춤을 춘다.
사람들은 해가 넘어가기전
이 노래끝의 공포를
생각할 사이가 없었다.

…"
~윤동주 시 "삶과 죽음"에서
                1934.12.24.
"비둘기" 소리도 없다
"강아지" 소리도 없다
"노새" 소리도 없다

부엌에서 군불때는 어머님의 해수소리도
터실터실한 피나무구새가 먹어버린지 오래고-

하지만 뒷고방문 넘어 손때묻은 동주의 쪼그마한 책시렁에서
는
오늘 따라 지용시인님과 백석시인님이
"프랑시스 잼", "라이너 마리아 릴케"를 불러놓고
"삶과" "죽음의 서곡을" 왕창 "노래하"며 "춤을 춘
다"…

삶이란 희극속에서 "뼈를 녹여내"고
죽음이라는 비극속에서 "뼈만 남"아
항용 장미빛 손가락으로
룡정 명동 언덕에서 별무리속의 장막을
오로지 거두어내고 거두어내고 있고지고…

[3] ~윤동주 시 "래일은 없다"~

래일 래일 하기에
물었더니

밤을 자고 동틀 때
래일이라고

새날을 찾던 나는
잠을 자고 돌아보니
그때는 래일이 아니라
오늘이더라

무리여!
래일은 없나니
......

1934 년 12 월 24 일.

~竹林 담시노트~

3

"...

무리여! (사람의 떼여! - 필자 注)
래일은 없나니
...... "
~윤동주 시 "래일은 없다" 에서
1934.12.24.

오늘도
"시점"은 "종점"을 낳고
래일도
"종점"은 "시점"을 잉태하는…
한 찰나,
모
두
들
종당엔 저기 저-
침묵하고 있는 높은 산아래
한줌의 자그마한 "산"이 되련만…

무루의 한 극에서
한냥짜리 될가
천만억짜리 될가…

"하늘과",-
"바람과",-
"별과",-
"시"에게 묻고 묻다…

[4] ~윤동주 시 "창공"~

그 여름날

열정의 포플라는
오려는 창공의 푸른 젖가슴을
어루만지려
팔을 펼쳐 흔들거려다.
끓는 태양 그늘 좁다란 지점에서

천막같은 하늘밑에서
떠돌던 소나기
그리고 번개를,
춤추던 구름을 이끌고
남방으로 도망하고
높다랗게 창공은 한폭으로
가지위에 퍼지고
둥근달과 기러기를 불러왔다.

푸드른 어린 마음이 리상에 타고
그의 동경의 날 가을에
조락의 눈물을 비우다.

1935 년 10 월 20 일 평양.

~竹林 담시노트~

4

-…가겠쑤꾸마

-…못간다께

-…간다니깐유

-…안된다니께잉…

가자 가자

간다 간다

"떠들던 소나기"와 "번개"와

"춤추든 구름을 이끌고"

"둥근 달과 기러기를 불러" 데리고

함께 간다 떠나간다…

"…

천막 같은 하늘밑에서

떠들던 소나기

그리고 번개를

춤추던 구름은 이끌고

남방으로 도망하고

높다랗게 창공은 한폭으로

가지위에 퍼지고

둥근달과 기러기를 불러왔다

…"

~윤동주 시 "창공"에서

1935.10.20. 평양

양지바른 명동툰에서

"새양"한 룡정 정안구 제창로 1-20번지로

룡정 "영국더기"에서 오랑캐령으로

오랑캐령에서 두만강 건너

상삼봉, 회령, 청진, 원산 지나 서울로

서울에서 신의주행 완행렬차 타고 평양성으로—

"푸드른 어린 마음이 리상"을 굽이굽이 싣고

꽃미남 동주는 싱글벙글 "남방으로 '도망'" 간다…

버젖히 서로서로 교모 바꿔쓰고

따끈따끈 호떡 나눠 먹으며

차디찬 하숙방에서 밥 한술 나누기도 하며

"말없이" "마음의 탑" "쌓아" 간다

"높다랗게" 펼쳐진 "창공" 너머,-

고향 명동의 "둥근 달과 기러기를 불러" 부르며—

[5] ~윤동주 시 "공상"~

공상-

내 마음의 탑

나는 말없이 이 탑을 쌓고있다.

명예와 허영영의 천공에다

무너질줄 모르고

한층 두층 높이 쌓는다

무한한 나의 공상-
그것은 내 마음의 바다
나는 두팔을 펼쳐서
나의 바다에서
자유로이 헤염친다.
황금 지옥의 수평선을 향하여.

1935 년 10 월.

~竹林 답시노트~

5

동주는 "공상"가는 아니외다

그 언제나 등사유 냄새를 풍기던 청년이
골칫거리 수학 문전을 척척 열어제끼던 청년이
축구의 마력으로 눈물을 묵살해 버리던 청년이
사시철철 재봉틀앞에 앉는 모습으로
뭇숙녀들의 부러움을 자아내던 청년이
한범(몽규) 보고 "대기만성이라…"고 윽벼르던 청년이
익환 보고 "이게 어디 시야…"라고 창피주던 청년이
순이인지 춘이인지 보고 그냥 벙긋 웃어주던 어련무던한 청
년이…

동주는 일확천금 "공상"가는 아니였었외다…

"공상—
내 마음의 탑
나는 말없이 이 탑을 쌓고 있다.
명예와 허영의 천공에다
무너질줄도 모르고
한층 두층 높이 쌓는다.

…"
~윤동주 시 "공상"에서
1935.10.

동주는 "황금 지옥의 수평선을 향하여"
"말없이" "말없이" "마음의 탑을 쌓"았다
그리고,-
그리고,-
"마음의 탑우"에
오늘도 찬란한 "별"로 빛나고 있다…
동주의 새로운 또 다른 "마음의 탑"은?…
동주의 새로운 또 다른 "마음의 바다"는?…

이 텁썩부리는 "한층 두층 높이 쌓"은,
"무너질 줄 모르"는 동주의 "마음의 탑" 앞에서
공손히 합장하고 두 무릎 끊고지고…

[6] ~윤동주 시 "황혼"~

해살은 미닫이 틈으로

길죽한 일자를 쓰고… 지우고…

까마귀떼 지붕위로

둘, 둘, 셋, 넷, 자꾸 날아지난다.

쑥쑥, 꿈틀꿈틀 북쪽 하늘로.

내사…

북쪽 하늘에 나래를 펴고싶다.

1936. 3. 25. 평양.

~竹林 담시노트~

6

오늘

해살도 "새양"하다

오늘

평양성 들까마귀도 정겨웁다

어제 밤 꿈엔

명동의 수호신- 선바위로 원족 갔었었다

그젖께 밤 꿈엔

명동의 생명줄- 륙도하로 천렵 갔었었다

"...

내사…

북쪽 하늘에 나래를 펴고 싶다."

~윤동주 시 "황혼" 에서
　　　1936.3.25. 평양.

고향을 그리는
동주의 마음의 나래는
"쑥쑥, 꿈틀꿈틀 북쪽 하늘" 너머
두만강 건너 오랑캐령 넘어
"길죽한 일자로 씩" 이여 있고지고…

고향아, -
명동아, -
선바위야, -
륙도하야, -

[7] ~윤동주 시 "산상" ~

거리가 바둑판처럼 보이고
강물이 배암의 새끼처럼 기는
산위에까지 왔다.
아직쯤은 사람들이
바둑돌처럼 벌여있으리라.

한나절의 태양이
함석지붕에만 비치고,
굼벵이 걸음을 하던 기차가
정거장에 섰다가 검은 내를 토하고
또 걸음발을 탄다.

텐트 같은 하늘이 무너져
이 거리를 덮을가 궁금하면서
좀더 높은데로 올라가고싶다.

1936년 5월.

~竹林 담시노트~

7

익환아,-
일송정으로 올라가 바람 좀 쐬이고 내려오자…

왕버들 용두레우물가 너머로
"바둑판"의 아흔아홉 골목 보인다
"바둑돌" 속 흑돌과 백돌 사이 가끔 황돌도 보인다
"뚱개지팡" 네 집앞마당에 말라비틀어진 쥐새끼도 보인다

룡정 서시장 옆 "조선은행" 앞 골목 구두쟁이는?…

해란강의 큰 "배암"은
륙도하의 "새끼" "배암"을 함함히 데리고 떠난다
저 "굼벵이"같은 "기차"는 서울, 평양성으로 다시 가자
부른다

하지만 "함석지붕에만 비"추는 "태양"은 애꾸눈이다
"무너"지는 "하늘이" 천덕꾸러기이다

그리고
그리고,-
"...

...

좀더 높은 데로 올라가고 싶다."
~윤동주 시 "산상"에서
                1936.5.

익환아,-
여기 비암산 "산상(山上) 일송정에서 "새 명동" 교가를
한 뒤컬레씩 소리 소리지르고 내려가자구나…

[8] ~윤동주 시 "산림"~

시계가 자근자근 가슴을 따려
허전한 마음을 산림이 부른다.

천년 오래인 년륜에 짜들은 유적한 산림이,
고달픈 한몸을 포용할 인연을 가졌나보다.

산림의 검은 파도위로부터
어둠은 어린 가슴을 짓밟는다

멀리 첫여름의 개구리 재질댐에
흘러간 마을의 과거가 아질타.

가지, 가지 사이로 반짝이는 별들만이
새날의 향연으로 나를 부른다.

발걸음을 멈추어
하나, 둘 어둠을 헤아려본다
아득하다.

문득 이파리를 흔드는 저녁바람에
쏴— 무섬이 옮아오고.

　1936 년 6 월 26 일.

~竹林 담시노트~
8

골방에서 리상시인님과 정지용시인님과 대화해도
마음속의 태엽은 그 언제나 헝크러져 있다
동요시인 강소천님을 부처님처럼 만났어도
항용 "어둠"은
"허전한 마음"과
"고달픈 한몸"과
"어린 가슴을" 마구 "짓밟는다"

"시계가 자근자근 가슴을 때려
허전한 마음을 산림이 부른다.

...

가지, 가지 사이로 반짝이는 별들만이
새날의 향연으로 나를 부른다.
..."

~윤동주 시 "산림"에서
            1936.6.26.

오,
"개구리"들아,-
"하나, 둘 어둠을 헤아려보"아다오
별들아,-
"새날의 향연으로" 다시 "나를 불러" 다오…

[9] ~윤동주 시 "풍경"~

봄바람을 등진 초록빛바다
쏟아질듯 쏟아질듯 위태롭다.

잔주름 치마폭의 두둥실거리는 물결은
오스라질듯 한껏 경쾌롭다.

마스트끝에 붉은 기발이
녀인의 머리칼처럼 나붓긴다.

이 생생한 풍경을 앞세우며 뒤세우며
오ㅡㄴ 하루 거닐고싶다.

ㅡ우중충한 오월 하늘아래로
ㅡ바다빛 포기포기에 수놓은 언덕으로.

1937 년 5 월 29 일.

~竹林 담시노트~

9

오늘도
"카톨릭소년"지 "오줌싸개지도"와
"백석"님 "사슴"과
"영랑"님 "모란"과
"오스라질듯" 결곱게 씽갱이질하다

몽규는 어디에 가서 잘 있는지…
익환는 요즘 잘 보이지도 않는다…
아버지께서는 나보고 의학공부 해라꼬?…
난?…
난, 난,- 문학공부 하고싶은데!!!…
에랏,-
롱구장에 가 롱구나 실컷 하자…

이때 어디에선가 들려오는 노래,-
"자유의 기발 날리는 독립의 아침…"
一그렇다,
"…

마스트끝에 붉은 기발이
녀인의 머리칼처럼 나부긴다.

이 생생한 풍경을 앞세우며 뒤세우며
오ーㄴ 하루 거닐고싶다.

—우중충한 오월 하늘아래로

—바다빛 포기포기에 수놓은 언덕으로.”

~윤동주 시 “풍경”에서

1937.5.29.

오늘 아버님을 도와 소꼴 베러 가자…

[10] ~윤동주 시 "한난계"~

싸늘한 대리석 기둥에 모가지를 비틀어 맨 한난계,
문득 들여다 볼수있는 운명한 오척륙촌의 허리 가는 수은주,
마음은 유리관보다 맑소이다.

혈관이 단조로와 신경질인 여론동물
가끔 분수같은 랭침을 억지로 삼키기에
정력을 랑비합니다.
령하로 손가락질할 수돌네 방처럼 치운 겨울보다
해바라기 만발한 팔월 교정이 리상 곱소이다.
피 끓을 그날이—

어제는 막 소낙비가 퍼붓더니 오늘은 좋은 날씨올시다.
동저고리바람에 언덕으로, 숲으로 하시구려—

이렇게 가만가만 혼자서 귀속이야기를 하였습니다.
나는 또 내가 모르는 사이에—

나는 아마도 진실한 세기의 계절을 따라―
하늘만 보이는 울타리안을 뛰쳐,
력사같은 포지션을 지켜야 봅니다.

1937 년 7 월 1 일.

~竹林 담시노트~

10

(…할아버지, 고마워유…
아버지, 고마워유…
몽규야,― 내가 문과를 해도 된단다…)

"…
령하로 손가락질할 수돌네 방처럼 추운 겨울보다
해바라기가 만발할 팔월 교정이 리상 곱소이다.
피 끓는 그날이―

어제는 막 소낙비가 퍼붓더니 오늘은 좋은 날씨올시다.
동저고리바람에 언덕으로, 숲으로 하시구려―
…

나는 아마도 진실한 세기의 계절을 따라―

하늘만 보이는 울타리안을 뛰쳐
력사 같은 포지션을 지켜야 봅니다."

~윤동주 시 "한난계"에서

1937.7.1.

한낱 "모가지를 비틀어 맨" "한난계(온도계)"를 보아도
슬픕니다

한낱 "혈관이 단조로와 신경질인 여론동물" 보아도 쓴웃음
나옵니다

"해바라기가 만발한 팔월 교정"에서 새하야니 뛰놀고싶습
니다

"동저고리바람에 언덕으로, 숲으로" 가 새꿈의 나래 용껏
펼치고싶습니다

"하늘만 보이는 울타리안을 뛰쳐"나와 "주어진 길을 걸어
가야겠"습니다

요지음 조선 금강산, 송도원으로
수학려행 간다는 소식 두 귀가 번쩍,-
재봉기를 돌려 바지나 고쳐서 입고 가자…

[11] ~윤동주 시 "소낙비"~

번개, 뢰성, 왁자지끈 뚜드려
머―ㄴ 도회에 락뢰가 있어만 싶다.

벼루장 엎어놓은 하늘로
살같은 비가 살처럼 쏟아진다.

손바닥만한 나의 정원이
마음같이 흐린 호수되 일쑤다.

바람이 팽이처럼 돈다.
나무가 머리를 이루 잡지 못한다.

내 경건한 마음을 모셔드려
노아 때 하늘을 한모금 마시다.

1937 년 8 월 9 일.

~竹林 담시노트~

11

"소낙비"가 내렸었었다…
"소낙비"가 내렸었다…
"소낙비"가 내리고 있다…
…
"번개"와 "뢰성"과 "락뢰"와
"벼루장" 같은 "하늘"과 더불어

"손바닥만한" "마음"의 "정원"은 늘 흐린다

"...

내 경건한 마음을 모셔드려
노아 때 하늘을 한 모금 마시다."

~윤동주 시 "소낙비"에서
1937.8.9.

—오,
"하늘"을 한낱 "벼루장"으로 본 랑만가- 동주
"하늘을" "마실"줄 아는 사나이- 동주

"소낙비"는 내릴것이다…
"소낙비"야,-
"흐려있"는 이 내 시지기 "마음"도 혹하게 씻어다오…

[12] ~윤동주 시 "비애"~

호젓한 세기의 달을 따라
알듯 모를듯한데로 거닐고저!

아닌 밤중에 튀기듯이
잠자리를 뛰쳐
끝없는 광야를 홀로 거니는

사람의 심사는 외로우려니

아ㅡ이 젊은이는
피라미드처럼 스프구나

1937 년 8 월 18 일.

~竹林 담시노트~

12

"호젓한 세기의 달을 따라
…
…
끝없는 광야를 홀로 거니는
…

아ㅡ 이 젊은이는
피라미트처럼 슬프구나."
~윤동주 시 "비애"에서
1937.8.18.
한창 멋부릴 나이 "꽃미남" – 동주
"새명동", "숭실활천", "문우"의 "짝궁" – 동주
웅변에서의 "달변가" – 동주
축구, 롱구 "스포츠맨" – 동주

수학 기학학에서의 "척척박사"- 동주
"어린이", "아이생활", "소년"잡지…
문학, 철학 등 서적 800여권 소장한 장서가- 동주
재봉기 돌려 나팔바지도 해입고
"영국더기"를 높다랗게 만든 재봉사- 동주

"아,- 이"런 "젊은이"가
글쎄,
글쎄,ㅡ
"호젓한 세기의 달을 따라"
"끝없는 광야를 홀로 거닐"며
"비애",
"비애"에 젖어 슬퍼하다니…

백석시인님,-
이러할 땐 "사슴"과 뛰놀게 하소서…

[13] ~윤동주 시 "십자가"~

쫓아오던 해빛인데
지금 교회당 꼭대기
십자가에 걸리였습니다.
첨탑이 저렇게도 높은데
어떻게 올라갈수 있을가요

종소리도 들려오지 않는데

휘파람이나 불며 서성거리다가

괴로왔던 사나이
행복한 예수 그리스도에게
처럼
십자가가 허락된다면

모가지를 드리우고
꽃처럼 피여나는 피를
어두워 가는 하늘밑에
조용히 흘리겠습니다.

1941 년 5 월 31 일.

~竹林 담시노트~

13

이제껏
이 내 두 어깨에
성스러운 십자가가
이렇게 짊어져 있는줄을 몰랐습니다···

"쫓아오던 해빛인데

지금 교회당 꼭대기
십자가에 걸리였습니다.

첨탑이 저렇게도 높은데
어떻게 올라 갈 수 있을가요.

...

모가지를 드리우고
꽃처럼 피어나는 피를
어두워 가는 하늘밑에
조용히 흘리겠습니다."

~윤동주 시 "십자가"에서
1941.5.31.

이제껏
이 내 마음속에
성금요일과 성심성월이
그렇게도 효행효오와 함께 모자람을 참 몰랐습니다…

"종소리"가 들려오지 않"아도 한 "사나이"가 보입니다
"첨탑"앞에서 "서성거리"고 있는 한 "사나이" 보입니
다
"모든 죽어가는것"에 "괴로워"했"던 사나이"가 보입니
다

"지금"도 "교회당 꼭대기 십자가에"

그 "사나이" 영준한 눈썰미와 흰 혼백은

한없이 "쫓아오던 해빛"과 함께

오늘도,

래일도,

소소명명히 새하야니 영원히 "걸리여" 있습니다…

[14] ~윤동주 시 "돌아와 보는 밤"~

세상으로부터 돌아오듯이 이제 내 좁은 방에 돌아와 불을 끄옵니다. 불을 켜두는것은 너무나 피로롭은 일이옵니다. 그것은 낮의 연장이옵기에 -

이제 창을 열어 공기를 바꾸어들여야 할텐데 밖을 가만히 내다보아야 방안과 같이 어두워 꼭 세상 같은데 비를 맞고 오던 길이 그대로 비속에 젖어 있사옵니다.

하루의 울분을 씻을바 없어 가만히 눈을 감으면 마음속으로 흐르는 소리, 이제 사상이 능금처럼 저절로 익어가옵니다.
　　　　　1941 년 9 월.

~竹林 담시노트~

14

서울에서의 동주의 발자취는 영원, 영원으로 흐르고 흐른
다…

연희전문(지금 연세대)의 느티나무들은 나이테속에 숨겨두었
고
인왕산 수성동 계곡들도 청순한 사나이를 곁눈질해뒀고
충무로 지성당과 일한서방도,
관훈동 고서점과 적성동 유길서점도
룡정 명동툰 시골뜨기 책벌레를
서울 명동거리 "책곰팡이"로 만들어버렸다
청계천거리 음악다방에서 책갈피 번져가는 소리를
커피향으로 숨들어진 대들보와 서까래가 언녕 각인한지 오래
다…

소설가 김송과 함께 부인 조녀사님(성악가)의 손등을 씻어먹
으며
릴케이며 니체이며 백석이며 정지용이며 베토벤이며를 운운
하며
서울 종로구 누상동 9번지를 들락날락거리였다…

**"세상으로부터 돌아오듯이 이제 내 좁은 방에 돌아와 불을
끄옵니다. 불을 켜두는것은 너무나 피로롭은 일이옵니다. 그것
은 낮의 연장이옵기에―**

이제 창을 열어 공기를 바꾸어들여야 할텐데 밖을 가만히 내다보아야 방안과 같이 어두워 꼭 세상 같은데 비를 맞고 오던 길이 그대로 비속에 젖어 있사옵니다.

하루의 울분을 씻을바 없어 가만히 눈을 감으면 마음속으로 흐르는 소리, 이제 사상이 능금처럼 저절로 익어가옵니다."

~윤동주 시 "돌아와 보는 밤"에서

1941.9.

밤이 되었어도 맘대로 "불을" 켤수 없었던 "세상"
집안의 "공기"가 탁해도 맘놓고 "창을 열"수 없었던 "세상"
"비를 맞고 오던 길이
그대로 비속에 젖어있"어 그것마저도 안쓰럽게 하는 "세상"
"하루의 울분을 씻을바 없어 가만히 눈을 감"아야 하는 "세상"
앗,-···
···
"마음속으로 흐르는 소리"를 들을줄 아는 사나이- 동주
"사상이 능금처럼 저절로 익어가"는줄 아는 사나이- 동주

정형(흰 그림자, 백영白影 정병욱 아우),-
그래도 "창을 열어 공기를 바꾸어들"이는게 어떨가요···
후유,一

[15] ~윤동주 시 "또 다른 고향"~

고향에 돌아온 날 밤에
내 백골이 따라와 한방에 누웠다.

어둔 방은 우주로 통하고
하늘에선가 소리처럼 바람이 불어온다.

어둠속을 곱게 풍화작용하는
백골을 들여다보며
눈물짓는것이 내가 우는 것이냐
백골이 우는 것이냐
아름다운 혼이 우는 것이냐.

지조 높은 개는
밤을 새워 어둠을 짖는다.

어둠을 짖는 개는
나를 쫓는것일게다.

가자 가자
쫓기우는 사람처럼 가자.
백골 몰래
아름다운 또 다른 고향에 가자.
1941 년 9 월.

~竹林 담시노트~

15

천불지산 너머 룡도하기슭 "고향" 명동툰에서
두 번째 "고향" "영국더기" 룡정으로,-
"모란봉"아래 평양성 신양리 39 번지 "숭실중학교"에서
"고향"같은 "문학의 요람" - "연희전문학교"와
보금자리 서울 종로구 누상동으로,-
그리고 "또 다른 고향(곳)"인 서울 북아현동으로,-
"백골"은 한사코 "따라와 한방"을 그득히 차지하고 있
다…

"백골"도 "울"고
동주도 "울"고
"지조 높은 개"도 "울"고
"어둠을 짖는 개"도 "울"고…

"…

어둔 방은 우주로 통하고
하늘에선가 소리처럼 바람이 불어온다.

…

가자 가자

쫓기우는 사람처럼 가자.

백골 몰래

아름다운 또 다른 고향에 가자."

~윤동주 시 "또 다른 고향"에서

1941.9.

"어둔 방"을 "우주로 통하"게 할줄 아는 사나이- 동주

"하늘에"서 "바람"을 불러올줄 아는 사나이- 동주

아버지(윤영석),- 아버지 "또 다른 고향"은요?!…

어머니(김용),- 어머니 "또 다른 고향"은요?!…

외삼촌(규암 김약연),- 외삼촌 "또 다른 고향"은요?!…

그리고 그리고

영원한 청년- 윤동주의 "또 다른 고향"은,—

[16] ~윤동주 시 "별을 헤는 밤"~

계절이 지나가는 하늘에는

가을로 가득 차있습니다.

나는 아무 걱정도 없이

가을속의 별들을 다 헤일듯합니다.

가슴속에 하나 둘 새겨지는 별을

이제 다 못 헤는것은

쉬이 아침이 오는 까닭이요,

래일 밤이 남은 까닭이요,
아직 나의 청춘이 다하지 않은 까닭입니다.

별 하나에 추억과
별 하나에 사랑과
별 하나에 쓸쓸함과
별 하나에 동경과
별 하나에 시와
별 하나에 어머니, 어머니

어머님, 나는 별 하나에 아름다운 말 한마디씩 불러봅니다.
소학교 때 책상을 같이 했던 아이들의 이름과 페이(佩), 찡
(鏡), 위이(玉) 이런 이국 소녀들의 이름과 벌써 애기 어머니
된 계집애들의 이름과 가난한 이웃 사람들의 이름과 비둘기,
강아지, 토끼, 노새, 노루, '프랑시스 잠', '라이너 마리아 릴
케' 이런 시인의 이름을 불러봅니다
　이네들은 너무나 멀리 있습니다.
　별이 아스라이 멀 듯이

어머님,
그리고 당신은 멀리 북간도에 계십니다

나는 무엇인지 그리워
이 많은 별빛이 나린 언덕위에
내 이름자를 써보고

흙으로 덮어버리였습니다.

딴은 밤을 새워 우는 벌레는
부끄러운 이름을 슬퍼하는 까닭입니다
 그러나 겨울이 지나고 나의 별에도 봄이 오면
무덤위에 파란 잔디가 피어나듯이
내 이름자 묻힌 언덕위에도
자랑처럼 풀이 무성할거외다

1941년 11월 5일.

~竹林 담시노트~

16

오늘 따라 용두레우물가 왕버들나무 지나
저기 저 동산마루 너머 별들이 쏟아진다
희끄무러한 광목천 보자기에서 노닐던 별들과
코쓰깨로 윤나다 팔소매끝자락에서 뛰쳐나온 별들과
앞집 뒷집 삽작문 건너 설기떡 미역국에 띄웠던 별들과
민들레며 냉이며 고사리며 도라지며가 살점이였던 별들과
도깨비짐승들과 장돌뱅이짐승들이 마을안팎 노닐던 별들과
태극문양 정나는 팔간집의 호롱불속에서 꿈자락 펼치던 별들
과…

"...

　　어머님, 나는 별 하나에 아름다운 말 한마디씩 불러 봅니다. 소학교 때 책상을 같이 했던 아이들의 이름과 페이(佩), 찡(鏡), 위이(玉) 이런 이국소녀들의 이름과 벌써 아기 어머니 된 계집애들의 이름과 가난한 이웃 사람들의 이름과 비둘기, 강아지, 토끼, 노새, 노루, '프랑시스 쨈', '라이너 마리아 릴케', 이런 시인의 이름을 불러봅니다

　　..."
　　~윤동주 시 "별을 헤는 밤"에서
　　　　　　　　　　1941.11.5.

오늘도 "흙으로 덮어 버린" 별들이
초롱초롱 이슬 맺혀 밟혀오고
"부끄러움"의 별과 함께
아리랑 고개 너머 넘어
룡정 명동 하늘가에 별무리 되여 흐른다…

아,
불멸의 영원한 청년이여-
"별을 헤는" 동주의 "밤"이여-

[17] ~윤동주 시 "간"~

바다가 해빛 바른 바위위에
습한 간을 펴서 말리우자

코카사쓰 산중에서 도망해 온 토끼처럼
둘러리를 빙빙 돌며 간을 지키자

내가 오래 기르던 여윈 독수리야!
와서 뜯어먹어라, 시름없이

너는 살지고
나는 여위여야지, 그러나,

거북이야!
다시는 룡궁의 유혹에 안 떨어진다.

프로메테우스 불쌍한 프로메테우스
불 도적한 죄로 목에 매돌을 달고
끝없이 침전하는 프로메테우스.

            1941년 11월 29일.

~竹林 담시노트~

17

당신은 당신의 가장 사랑하는 "간(肝)"을
"바다가 해빛 바른 바위우에"
철철 울긋불긋 "펴서 말리워" 보자고
흰 향기나는 쪼가리마저도 펼쳐본적 있는가…
그리고 당신은,─
"토끼처럼" 쾌지나칭칭 "둘러리를 빙빙 돌며"
그렇게도 가장 신성스러운 "간을 지키자"하며
우륵 가얏고의 열두현을 피멍들게 뜯어본적 있는가…
그리고 그리고, 당신 아닌 나에게 대성질호해 묻노니,─
그렇게 가장 사랑하는 "간"을,-
또한 그렇게도 가장 신성스러운 "간"을,-
"여윈 독수리"가 "시름없이" "와서 뜯어 먹어라"고
그것도 흥쾌히 흥건히 맘 한구석이라도 내놔본적 있는가…

"바다가 해빛 바른 바위위에
습한 간을 펴서 말리우자.

…

내가 오래 기르던 여윈 독수리야!
와서 뜯어먹어라, 시름없이

…

프로메테우스 불쌍한 프로메테우스
불 도적한 죄로 목에 매돌을 달고
끝없이 침전하는 프로메테우스."

~윤동주 시 "간"에서
1941.11.29.

"너"를 "살지"게 하기 위해 "여위"워가는 사나이- 동주

"불"을 "도적"질 해 "룡궁"에 "불" 밝혀주려 했던 사나이- 동주

"프로메테우스", "프로메테우스"처럼 예언자 사나이- 동주

오늘도 동주의 "간"을 "살지(찌)"우며 굳게 굳게 신성한 "간"을 "지키자"!!!

[18] ~윤동주 시 "참회록"~

파란 녹이 낀 구리거울속에
내 얼굴이 남아 있는 것은
어느 왕조의 유물이기에
이다지도 욕될가.

나는 나의 참회의 글을 한 줄에 줄이자.
―만 24년 1개월을 무슨 기쁨을 바라 살아왔던가.

래일이나 모레나 그 어느 즐거운 날에
나는 또 한줄의 참회록을 써야 한다.
  ─그 때 그 젊은 나이에 왜 그런 부끄러운 고백을 했던가.

밤이면 밤마다 나의 거울을
손바닥으로 발바닥으로 닦아보자.

그러면 어느 운석밑으로 홀로 걸어가는
슬픈 사람의 뒤모양이
거울속에 나타나온다.

1942 년 1 월 24 일.

~竹林 담시노트~

18

싫다 싫어, ─ "신사참배"
역겹다 역겨워, ─ "창씨개명"

1942 년 1 월 29 일, "히라누마 도오쥬(윤동주)"로 창씨 개
명,
1942 년 1 월 24 일, 전후로 동주는 시 "참회록"를 쓰면서
그 얼마나 그 얼마나 "참회"했을가…

선바위야, 너에게 묻고싶다
류도하야, 너도 좀 말해보렴아
일송정아, 너도 너도…
용두레야, 시원한 물 한드레박 퍼다오…
백두대간 파평산기슭 룡연 늪가에서
은혜롭게 잉태한 조상들의 뿌리와
"새 명동"에서 력력히 잇어진 피줄을 끊으라니,-

"참회록"은 동주의 토혈의 성토장이다…
"참회록"은 백의겨레들의 대변장이다…

"파란 녹이 낀 구리거울속에
내 얼굴이 남아있는것은
어느 왕조의 유물이기에
이다지도 욕될가.

나는 나의 참회의 글을 한줄에 줄이자.
ㅡ만 24 년 1 개월을 무슨 기쁨을 바라 살아왔던가.

래일이나 모레나 그 어느 즐거운 날에
나는 또 한줄의 참회록을 써야 한다.
ㅡ그때 그 젊은 나이에 왜 그런 부끄러운 고백을 했던가.

밤이면 밤마다 나의 거울을

손바닥으로 발바닥으로 닦아보자.

..."

~윤동주 시 "참회록"에서

1942.1.24.

오늘부터라도 이 텁썩부리도 마음속 "거울을"

"손바닥으로 발바닥으로" 말끔히 "닦아" 야 하겠다

그리고 동주의 "파란 녹이 낀 구리거울"에도

늘 비춰보며 마음을 닦고 또 닦아야 하겠다…

[19] ~윤동주 시 "흰 그림자"~

황혼이 짙어지는 길모금에서

하루 종일 시들은 귀를 가만히 기울이면

땅거미 옮겨지는 발자취소리,

발자취소리를 들을수 있도록

나는 총명했던가요.

이제 어리석게도 모든것을 깨달은 다음

오래 마음 깊은 속에

괴로와하던 수많은 나를

하나, 둘 제 고장으로 돌려 보내면

거리 모퉁이 어둠속으로

소리없이 사라지는 흰 그림자

흰 그림자들
연연히 사라지는 흰 그림자들

내 모든 것을 돌려 보낸 뒤
허전히 뒤골목을 돌아
황혼처럼 물드는 내 방으로 돌아오면

신념이 깊은 의젓한 양처럼
하루 종일 시름없이 풀포기나 뜯자.

1942 년 4 월 14 일.

~竹林 담시노트~

19

"황혼"과 "땅거미"
"시들은 귀"와 어지러운 "발자취소리"
"어둠속"과 "흰 그림자"
"흰"것과 검은것
이 "모든것을"
"하나, 둘 제 고장으로 돌려보내"고
천신만고 현애탄에 뛰여들다…
룡정에서 "눈물젖은 두만강"을 건너 머나 먼 서울로,-
서울역에서 또 부산항으로,-

부산항에서 부관(관부)련락선(부산 – 시모노세키)에 처절썩
맡기고
열혈청춘답게 새 "신념" 안고 일본렬도로 향한다…

일본 도꾜 릿꾜대학 뜨락과
일본 교또 도지샤대학 뜨락과
일본 京都市 左京區 田中高原町 27 番址에
영원히 지울수 없는 "발자취"를 남기다…

  "…

흰 그림자들
연연히 사랑하던 흰 그림자들

내 모든것을 돌려보낸 뒤
허전히 뒷골목을 돌아
황혼처럼 물드는 내 방으로 돌아오면

신념이 깊은 의젓한 양처럼
하루종일 시름없이 풀포기나 뜯자."
~윤동주 시 "흰 그림자"에서
                1942.4.14.

"영문학련습" 85 점,
"동양철학사" 80 점, 공부 잘하는 학생– 동주

"하루종일 시름없이 풀포기나 뜯" 어 먹으면서
그 언제나 그 어디에서나
순순한 희생 "양" 이 되려하던 사나이- 동주
"우리 말 인쇄물이 앞으로 사라질것이니
무엇이나, 악보까지도 다 사서 모으라"고
동생들에게 신신당부하던 사나이- 동주

오늘도 동주는 "새양한" 룡정 동산 언덕빼기에서
"시름없이 풀" 을 "뜯" 는 "양" 떼들과
새하얀 긴 애기 주절이주절이 주고받고지고…

[20] ~윤동주 시 "쉽게 씌여진 시"~

창밖에 밤비가 속살거려
륙첩방은 남의 나라.
시인이란 슬픈 천명인 줄 알면서도
한줄 시를 적어볼가.

땀내와 사랑내 포근히 품긴
보내 주신 학비봉투를 받아

대학 노-트를 끼고
늙은 교수의 강의 들으러 간다.

생각해보면 어린 때 동무를
하나, 둘, 죄다 잃어버리고

나는 무얼 바라
나는 다만, 홀로 침전하는 것일가?

인생은 살기 어렵다는데
시가 이렇게 쉽게 쓰여지는 것은
부끄러운 일이다.

륙첩방은 남의 나라
창밖에 밤비가 속살거리는데
등불을 밝혀 어둠을 조금 내몰고,
시대처럼 올 아침을 기다리는 최후의 나.

나는 나에게 작은 손을 내밀어
눈물과 위안으로 잡는 최초의 악수.

1942 년 6 월 3 일.

~竹林 담시노트~

20

— "도오쥬(동주), 고향에서 돈봉투 왔어!"
파란 제복 우체'배달부'의 살가운 소리가 들려온다

이역만리 정다운 고향 용두레우물가에서
비릿한 날바다를 건너 건너 온, 인정미 듬뿍 담긴 "학비봉투
"가
아버지(윤영석)와 어머니(김용)와
누이동생(윤혜원)과 남동생(윤일주, 윤광주)들의
"땀내와 사랑내"을 물씬물씬 풍기며
"남의 나라" "류첩방"을 한사코 한사코 진동, 진동시킨
다…

동주는 가로등이 어스름히 비쳐드는 창가로 다가가
"새양한" 룡정에 계시는 부모님들 떠올리며 눈굽을 찍고
찍는다…
"창밖에 밤비가 속살거려
류첩방은 남의 나라.

시인이란 슬픈 천명인줄 알면서도
한줄 시를 적어볼가.

…

…인생은 살기 어렵다는데
시가 이렇게 쉽게 쓰여지는것은

부끄러운 일이다.

...

등불을 밝혀 어둠을 조금 내몰고
시대처럼 올 아침을 기다리는 최후의 나.

..."
~윤동주 시 "쉽게 씌여진 시"에서
1942.6.3.

동주는 "프랑시스 잠"과 "장 코토"와
"李箱"과 "백석"과 "정지용"과
끝임없이 "묻고" 익히고 우리 말로 시를 썼는데야…

"최초"의 동주는 누구?…
"최후"의 동주는 누구?…

"시를" "쉽게 쓸"수 없다는것을 행동으로 보여준 사나이
- 동주
"어둠속"에서는 더구나 맘 놓고
"시를" "쓸"수 없다는것을 잘 아는 사나이- 동주
"시인이란 슬픈 천명인줄"도 여실히 말해준 사나이- 동주
"남의 나라"에서도 성스러운 고유의 우리 말로
정정당당 "시를" 쓴 사나이- 동주

"등불을 밝혀 어둠을" 철저히 "내몰고"
"최후의" 새 "아침을" "기다렸"던 사나이- 동주
아,- 아,-
너무나도 철저했던 동주였는데
"쉽게 씌여진 시"가,
"쉽"지 않게 "쓴 시"가
'마지막으로 남긴 작품'이라 하니…

오,-
통탄하도다…
통탄하도다―…

제 2 부

"무화과 잎사귀로 부끄런데를 가리고
나는 이마에 땀을 흘려야겠다" …
(21~40)

[21] ~윤동주 시 "거리에서"~

달밤의 거리
광풍이 휘날리는
북국의 거리
도시의 진주
전등 밑을 헤엄치는
조그만 인어, 나
달과 전등에 비쳐
한 몸에 둘 셋의 그림자,
커졌다 작아졌다.

괴롬의 거리
회색빛 밤거리를
걷고 있는 이 마음
선풍이 일고 있네
외로우면서도
한 갈피 두 갈피
피어나는 마음의 그림자,
푸른 공상이
높아졌다 낮아졌다.

1935 년 1 월 18 일.

~竹林 담시노트~

21

명동에서 숨바꼭질하던 한범(몽규)이네 골목이다가
"나의 명동" 교가를 부르며 오르던 선바위 오솔길이다가
달라자학교로 가고오는 달구지길이다가
용두레우물가를 들려가며 "새 명동" 잡지 만들던 거리이다가
붉은 담장너머를 찔 흘겨보고는
"별"을 노래하던 "영국더기"길이다가
"달밤의 거리" 이다가,
"북국의 거리" 이다가,
"괴롬의 거리" 이다가,
"회색빛 밤거리" 이다가,
"한몸에 두셋의 그림자" "커졌다 작아졌다"하는 "거리" 이다가,-

" ...

...

한갈피 두갈피
피어나는 마음의 그림자
푸른 공상이

높아졌다 낮아졌다."

~윤동주 시 "거리에서" 에서

1935.1.18.

"광풍이 휘날리는" 속에서도 "커져"가는 "그림자"- 동
주

"선풍이 일고있"는 속에서도 "푸르"러가는 "그림자"-
동주

[22] ~윤동주 시 "모란봉에서"~

앙당한 소나무가지에
훈훈한 바람의 날개가 스치고
얼음섞인 대동강물에
한나절 해발이 미끄러지다.

허물어진 성터에서
철 모르는 녀아들이
저도 모를 이국말로
재질대며 뜀을 뛰고

난데없는 자동차가 밉다.

~竹林 담시노트~

22

푸르 청청 소나무 봐도 "앙당" 그러지게 보인다

"바람의 날개가" "훈훈" 해도 한산스럽기만 하다

"얼음 섞인 대동강물" 봄을 재촉해도 봄내음 없다

"허물어" 져가는 "숭실" 은 "허물이진 성터" 와 같다

색동치마저고리 깐뜬히 차려입고 살갑게 굴던 동네 "녀애
들"

"저도 모를 이국말" 하니 칙칙하고 서럽다

휘발유냄새, 화약냄새, 군화발싸개냄새, 콧수염냄새, …

핫, - "밉다" 미워 또 다시 역겨워…

"…

허물어진 성터에서

철 모르는 녀아들이

저도 모를 이국말로

재질대며 뜀을 뛰고

난데없는 자동차가 밉다."

~윤동주 시 "모란봉에서" 중

1936.3.24.

개떡같은 평양 신궁 "신사참배" !!!

—익환아, 자퇴하고 고향으로 돌아가자…

[23] ~윤동주 시 "가슴 1"~

소리없는 북
답답하면 주먹으로
뚜드려 보오.

그래 봐도
후-
가ー는 한숨보다 못하오.

1936 년 3 월 25 일. 평양에서.

~竹林 담시노트~

23

도라지 노래에 북을 치소
노들강변 노래에 북을 치소
북두칠성 노래에 북을 치소
아리랑 노래에 북을 치소
강강술래 노래에 북을 치소
쾌지나칭칭 노래에 북을 치소
북통이 터지도록 북을 치소

북채가 끊어지도록 북을 치소…

하지만, ─
하지만, ─

"소리없는 북
답답하면 주먹으로
뚜드려보오.

그래봐도
후─
가─는 한숨보다 못하오."
　~윤동주 시 "가슴 1"에서
　　　1936.3.25. 평양에서

시원히 트인 모란봉에서도 "한숨"을 토하는─ 동주
평양성에서 "새 명동"의 찬란한 꿈 접어야만 했던─ 동주
"소리없는 북"─ 동주,
"소리" 있는 "북"─ 동주,

사정없이 "뚜드려"라
"소리없는 북"아, ─
"소리" 있는 "북"아, ─

[24] ~윤동주 시 "닭 1"~

한 간 계사 그 너머 창공이 깃들어
자유의 향토를 잊은 닭들이
시들은 생활을 주잘대고
생산의 고로를 부르짖었다.

음산한 계사에서 쏠려나온
외래종 레그혼,
학원에서 새무리가 밀려나오는
3 월의 맑은 오후도 있다.

닭들은 녹아드는 두엄을 파기에
아담한 두다리가 분주하고
굶주렸던 주둥이가 바지런하다.
두 눈이 붉게 여물도록 ─.

                1936. 봄

~竹林 담시노트~

24

"음산한" 닭장에 갇힌 토종 "닭들이"
"자유의 향토를 잊으"며

"생산의 고로를"　"시들"하게 하는것만 봐도 이슬이 맺힌
다
"삼월의 맑은 오후", -

"녹아드는 두엄을 파"헤치며
"바지런"히 벌레 잡아먹는 "외래종"　"닭들이"
"두눈이 붉게 여물"어가는것을 봐도 이슬이 맺힌다

"한 간 계사 그 너머 창공이 깃들어
자유의 향토를 잊은 닭들이
시들은 생활을 주잘대고
생산의 고로를 부르짖었다.

…
닭들은 녹아드는 두엄을 파기에
아담한 두다리가 분주하고
굶주렸던 주둥이가 바지런하다.
두눈이 붉게 여물도록─"

~윤동주 시　"닭 1"에서
1936. 봄

"자유의 향토를"　찾기 위해
"창공이 깃들"게
과감히 활짝 열어제끼자,
숨막히고 답답한 닭장문을, -

용감히 와장창 짓부셔버리자,
"자유"를 잃은 닭장을,-

[25] ~윤동주 시 "이런 날"~

사이좋은 정문의 두 돌기둥끝에서
오색기와 태양기가 춤을 추는 날
금을 그은 지역의 아이들이 즐거워하다.

아이들에게 하루의 건조한 학과로
햇말간 권태가 깃들고
'모순'두 자를 리해치 못하도록
머리가 단순하였구나.

이런 날에는
잃어버린 완고하던 형을
부르고싶다.

    1936년 6월 10일.

~竹林 담시노트~

25

  "이런 날"엔

축구를 실컷 차자
"이런 날"엔
재봉질해 나팔바지나 만들어 입자
"이런 날"엔
교내잡지나 등사하자
"이런 날"엔
"백석"님과 "지용"님과 대화하자
"이런 날"엔
실뚱머룩한 "태양기"에 침이나 뱉자
"이런 날"엔
"금을 그은 지역의 아이들"과 팔씨름도 벌려보자
"이런 날"엔
" '모순' 두자"와 시시비비 해보자
"이런 날"엔
"잃어버린 완고하던 형(한범 송몽규)을 불"러 보자
…

"사이 좋은 정문의 두 돌기둥끝에서
오색기와 태양기가 춤을 추는 날
금을 그은 지역의 아이들이 즐거워하다.

…

이런 날에는

잃어버린 완고하던 형을
부르고싶다."

~윤동주 시 "이런 날"에서

1936.6.10.

아,- 아,-
"이런 날"엔 시를 맘껏 쓰자
"이런 날"엔 "별"을 목청껏 노래하자…

[26] ~윤동주 시 "양지쪽"~

저쪽으로 황토 실은 이 땅 봄바람이
호인의 물레바퀴처럼 돌아지나고
아롱진 4월 태양의 손길이
벽을 등진 설은 가슴마다 올올이 만진다.

지도째기 놀음에 뉘 땅인줄 모르는 애 둘이
한뼘 손가락이 짧음을 한함이여.

아서라! 가뜩이나 엷은 평화가
깨여질가 근심스럽다.

1936 년 6 월 26 일.

~竹林 담시노트~

26

"아롱진 4 월 태양의 손길이"
"벽을 등진" 서러운 "가슴마다
올올이 만" 져주는 "양지쪽"이 눈굽에 옮아온다

"뉘 땅인줄 모르"며 "땅따먹기놀음"에
옥신각신 콧대 벌씬대는
"애 둘"이 검정고무신을 서로서로 휘두르고 있다

"...

아서라! 가뜩이나 엷은 평화가
깨여질가 근심스럽다."

~윤동주 시 "양지쪽"에서
1936.6.26.

"태양"에 "손길"을 만들어준 "언어마법사" - 동주
"엷은 평화"마저 "깨여질"라 차마 걱정스러워했던 - 동주

[27] ~윤동주 시 "창"~

쉬는 시간마다
나는 창녘으로 갑니다.
—창은 산 가르침.

이글이글 불을 피워 주소.
이 방에 찬 것이 서럽니다.

단풍잎 하나
맴도나 보니
아마도 자그마한 선풍이 인게외다.

그래도 싸늘한 유리창에
해살이 쨍쨍한 무렵
상학종이 울어만 싶습니다.

                1937 년 10 월

~竹林 담시노트~

27

"창" 안에서도 이를 짓쫓습니다
"창" 밖에서도 뼈다귀를 추렴하고 있습니다
마음의 "창" 에서도 신물이 지긋지긋하기만 합니다…

"쉬는 시간마다
나는 창녁으로 갑니다.

─창은 산 가르침.

이글이글 불을 피워주소…

…"
~윤동주 시 "창"에서
        1937.10.

"백석"님의 시집 "사슴"이란 "창"과
늘 깡충껑충 대화합니다
"영랑시선"이란 "창"에서
"모란꽃" 피는것을 찬란히 봅니다

모든 "창" 안팎들을 들깨워 불러 데리고,
"산 가르침"으로 "불을" 짓펴서
온 누리에 "이글이글" 덮혀 드리고싶습니다…

[28] ~윤동주 시 "새로운 길"~

내를 건너서 숲으로
고개를 넘어서 마을로

어제도 가고 오늘도 갈
나의 길 새로운 길

민들레가 피고 까치가 날고
아가씨가 지나고 바람이 일고

나의 길은 언제나 새로운 길
오늘도… 내일도…

내를 건너서 숲으로
고개를 넘어서 마을로

1938 년 5 월 10 일.

~竹林 시작노트~

28

룡정 "광명"에서
"내를 건너"
"민들레가 피고 까치가 나"는
"숲"을 지나
"아가씨가 지나고 바람이 이"는
"고개를 넘어"
경성 "연희"로,-

"내를 건너서 숲으로
고개를 넘어서 마을로

어제도 가고 오늘도 갈
나의 길 새로운 길

민들레가 피고 까치가 날고
아가씨가 지나고 바람이 일고

나의 길은 언제나 새로운 길
오늘도… 래일도…

내를 건너서 숲으로
고개를 넘어서 마을로"

~윤동주 시 "새로운 길"에서
1938.5.10.

영원히 "어제도",
영원히 "오늘도",
영원히 "래일도",
"새로운 길"을 찾고 찾았던 사나이- 동주
그 언제나 자기에게 "주어진 길"로 떳떳이 갔던 사나이-
동주
그 언제나 흥쾌히 "새로운 길"로 가려했던 범우주적 사나
이- 동주

이 텁썩부리 시지기-죽림도

그 "언제나" "주어진" "새로운 길"을 달갑게 걸고 "걸어가야겠다"…

[29] ~윤동주 시 "아우의 인상화"~

붉은 이마에 싸늘한 달이 서리여
아우의 얼굴은 슬픈 그림이다.

발걸음을 멈추어
살그머니 애띤 손을 잡고
'너는 자라 무엇이 되려니'
'사람이 되지'
아우의 설운 진정코 설운 대답이다.

슬며시 잡았던 손을 놓고
아우의 얼굴을 들여다본다.

싸늘한 달이 붉은 이마에 젖어
아우의 얼굴은 슬픈 그림이다.

1938 년 9 월 15 일.

~竹林 담시노트~

29

일주(윤동주 차남)아우, 잘 있느냐
난, 경성 "연희"에서 잘 있단다
밤이면 밤마다
너의 "슬픈" "얼굴"이
고향 명동과 함께 늘 "그림"으로 떠오른단다…

" '너는 자라 무엇이 되려니' "
" '사람이 되지' "라고 하던
기쁨 나머지 오히려 서러운 그 "슬픈" 대답이
꿈결에도 "싸늘한 달"처럼 "서리여" 오는구나
"붉은 이마에 싸늘한 달이 서리여
아우의 얼굴은 슬픈 그림이다.

…

싸늘한 달이 붉은 이마에 젖어
아우의 얼굴은 슬픈 그림이다."
~윤동주 시 "아우의 인상화"에서
1938.9.15.

여기 이곳(경성)도 "황돌"들이 욱실거린단다
그곳(룡정)의 "황돌"들과 승냥이떼들을 늘 조심하거라

오늘,-
"조선일보"에서 발행하는
"소년" 잡지를 동봉해 보내오니
우리 말과 글 절대로 잊지말아다오…

ㄱ ㄴ ㄷ ㄹ… 아리랑 랑랑…
ㅏ ㅑ ㅓ ㅕ… 스리랑 랑랑…

[30] ~윤동주 시 "자화상"~

산모퉁이를 돌아 논가 외딴우물을 홀로
찾아가선 가만히 들여다 봅니다.
 우물속에는 달이 밝고 구름이 흐르고
하늘이 펼치고 파아란 바람이 불고 가을이 있습니다.

그리고 한 사나이가 있습니다.
어쩐지 그 사나이가 미워져 돌아갑니다.

돌아가다 생각하니 그 사나이가 가엾어집니다.
도로 가 들여다보니 사나이는 그대로 있습니다.

다시 그 사나이가 미워져 돌아갑니다.
돌아가다 생각하니 그 사나이가 그리워집니다.

우물속에는 달이 밝고 구름이 흐르고
하늘이 펼치고 파아란 바람이 불고 가을이 있고

추억처럼 사나이가 있습니다.

1939년 9월.

~竹林 담시노트~

30

"산모퉁이를 돌아 논가 외딴 우물을 홀로
찾아가선 가만히 들여다봅니다.

우물속에는 달이 밝고 구름이 흐르고
하늘이 펼치고 파아란 바람이 불고 가을이 있습니다.

그리고 한 사나이가 있습니다.
어쩐지 그 사나이가 미워져 돌아갑니다.

돌아가다 생각하니 그 사나이가 가엾어집니다.
도로 가 들여다보니 사나이는 그대로 있습니다.

다시 그 사나이가 미워져 돌아갑니다.
돌아가다 생각하니 그 사나이가 그리워집니다.

우물속에는 달이 밝고 구름이 흐르고

하늘이 펼치고 파아란 바람이 불고 가을이 있고
추억처럼 사나이가 있습니다."

~윤동주 시 "자화상"에서

1939.9.

따랑강아지 남몰래 "달"을 들여다보던 "우물"
학교 가기전에 들러 "구름" 한점 꿀꺽 시원달콤 마시던
"우물"
방가 후에 들러 "하늘" 한자락 꿀꺽꿀꺽 달디달디 마시던
"우물"

오늘도,
명동 고향집 "우물"은 동주를 한없이 기다리고 기다리고지
고…

"밉"은 사나이와
"가엾"은 사나이와
"그립"은 사나이와
"추억"의 사나이를
한 "우물속에" "그대로 있게" 한 사나이- 동주

"달"과
"구름"과
"하늘"과
"바람"과

"가을"과
"추억"과
"사나이"가 모두 함께
한 "우물속에" 오붓하게 살맛나게 살게 한 사나이- 동주

[31] ~윤동주 시 "장미 병들어"~

장미 병들어
옮겨 놓을 이웃이 없도다.

달랑달랑 외로이
황마차 태워 산에 보낼거나

뚜- 구슬피
화륜선 태워 대양에 보낼거나

프로펠러 소리 요란히
비행기 태워 성층권에 보낼거나

이것저것
다 그만두고

자라가는 아들이 꿈을 깨기전

이내 가슴에 묻어다오.

    1939 년 9 월.

~竹林 담시노트~

31

"장미 병들어" 죽어가고 있다…

"황마차 태워" 토장을 할가
"화륜선 태워" 수장을 할가
"비행기 태워" 공장을 할가

"병들어"가는 "장미"란 동주한테는 무엇일가…
"자라가는 아들"에게
이 더러운 꼴 보이게 하기 싫은 까닭은 또,-

"장미 병들어
옮겨놓을 이웃이 없도다.

…

이것저것
다 그만두고

자라가는 아들이 꿈을 깨기전

이내 가슴에 묻어다오."

~윤동주 시 "장미 병들어"에서

1939.9.

"자라가는 아들"의 앞날까지 걱정할줄 아는 사나이- 동주

"자라가는 아들이 꿈"이 어지럽히기전,-

자기의 "가슴에" 그 쓸쓸함을 "묻"을 줄 아는 사나이- 동주

오,-

'아이들을 구하라'…

[32] ~윤동주 시 "위로"~

거미란 놈이 흉한 심보로 병원 뒤뜰 란간과 꽃밭 사이 사람 발이 잘 닿지 않는 곳에 그물을 쳐 놓았다. 옥외료양을 받는 젊은 사나이가 누워서 쳐다보기 바르게─

나비가 한 마리 꽃밭에 날아들다 그물에 걸리었다. 노─란 날개를 파득거려도 파득거려도 나비는 자꾸 감기우기만 한다. 거미가 쏜살같이 가더니 끝없는 실을 뽑아 나비의 온몸을 감아 버린다. 사나이는 긴 한숨을 쉬었다.

나이보담 무수한 고생 끝에 때를 잃고 병을 얻은 이 사나이를 위로할 말이— 거미줄을 헝클어버리는것밖에 위로의 말이 없었다.

1940 년 12 월 3 일.

~竹林 담시노트~

32

그대는 "거미가" "그물을 치"는것을 본적이 있는가
그대는 "나비가" 그 "그물에 걸려"드는것을 본적이 있는가
그대는 "거미"와 "나비"가 결투하는것을 본적이 있는가

지금 이 시각,-
"병원"에서 "료양을 받"고 있는
한 "젊은 사나이가" 이 처절함을 "긴 한숨을 쉬"며 보고 있다

"거미란 놈이 흉한 심보로 병원 뒤뜰 란간과 꽃밭 사이 사람 발이 잘 닿지 않는 곳에 그물을 쳐 놓았다. 옥외료양을 받는 젊은 사나이가 누워서 쳐다보기 바르게—

나비가 한 마리 꽃밭에 날아들다 그물에 걸리었다. 노―란 날개를 파득거려도 파득거려도 나비는 자꾸 감기우기만 한다. 거미가 쏜살같이 가더니 끝없는 실을 뽑아 나비의 온몸을 감아 버린다. 사나이는 긴 한숨을 쉬었다.

나이보담 무수한 고생 끝에 때를 잃고 병을 얻은 이 사나이를 위로할 말이― 거미줄을 헝클어버리는것밖에 위로의 말이 없었다."

~윤동주 시 "위로"에서

1940.12.3.

세상의 모든 "거미줄을 헝클어버리는" 수 "밖에" 없다고 생각한 사나이― 동주

내가 아픈 사람이 되어보아야 그 아픔을 안다고 생각한 사나이― 동주

[33] ~윤동주 시 "팔복"~

슬퍼하는 자는 복이 있나니
슬퍼하는 자는 복이 있나니
슬퍼하는 자는 복이 있나니
슬퍼하는 자는 복이 있나니
슬퍼하는 자는 복이 있나니
슬퍼하는 자는 복이 있나니
슬퍼하는 자는 복이 있나니

슬퍼하는 자는 복이 있나니

저희가 영원히 슬플것이오.

1940 년 12 월(추정).

~竹林 담시노트~

33

선지선량한 부모님들 잘 만난것도 "복"

그 당시 고래등같은 한옥에 재봉틀과 사진기까지 갖고 있은 것도 "복"

외삼촌 김약연(명동의 정초인, 교육자)의 올바른 "시전"을 배운것도 "복"

평양, 서울, 도꾜, 교또로 류학을 갈수 있은것도 "복"

최현배교수께서 한글을, 리양하교수께서 영시를 배운것도 "복"

"연희전문" 시절 정병욱 아우와 강처중 친구

(정병욱과 강처중이 윤동주 유고시집 출판 계기의 장본인)를 만난것도 "복"

릴케, 백석, 정지용(정지용시인은 윤동주 유고 시를

"경향신문"에 최초로 발표해줌)등 고금 유명한 작가들 작품 탐독한것도 "복"

"하늘과 바람과 별과 시"와 교감하고 "부끄럼"으로 늘 성찰한것도 "복"

"

슬퍼하는 자는 복이 있나니

슬퍼하는 자는 복이 있나니

슬퍼하는 자는 복이 있나니

슬퍼하는 자는 복이 있나니

슬퍼하는 자는 복이 있나니

슬퍼하는 자는 복이 있나니

슬퍼하는 자는 복이 있나니

슬퍼하는 자는 복이 있나니

저희가 영원히 슬플것이요."

~윤동주 시 "팔복"에서
1940.12(추정).

슬픔의 끝을 더는 묻질말아다오
슬픔의 끝에는 달디단 "복" 열매가 달려 있다오

슬픔을 겪는 이의 곁에서 같이
슬픔을 나누줄 아는 사나이- 동주
슬픔의 눈빛으로 자신만의 풍경을 창조할줄 아는 사나이- 동주

[34] ~윤동주 시 "무서운 시간"~

거 나를 부르는 것이 누구요

가랑잎 이파리 푸르러 나오는 그늘인데
나 아직 여기 호흡이 남아 있소.

한 번도 손들어 보지 못한 나를
손들어 표할 하늘도 없는 나를

어디에 내 한 몸 둘 하늘이 있어
나를 부르는것이요

일이 마치고 내 죽는 날 아침에는
서럽지도 않은 가랑잎이 떨어질 텐데…

나를 부르지 마오.

1941년 2월 7일.

~竹林 답시노트~

34

그 누군가가 부른다…
아버지가 부르면 "예" 하던 "별" 이다가

어머니가 부르면 "예"하던 "별"이다가
삼촌님이 부르면 "예"하던 "별"이다가
이모님이 부르면 "예"하던 "별"이다가
체육선생님이 부르면 "예"하던 "별"이다가
하숙집 아주매 부르면 "예"하던 "별"이다가
지용시인님 부르면 "예"하던 "별"이다가
몽규가 부르면 "응"하던 "별"이다가…

또 그 누군가가 부른다…

"...

한번도 손들어보지 못한 나를
손들어 표할 하늘도 없는 나를

어디에 내 한몸 둘 하늘이 있어
나를 부르는것이요.

..."
~윤동주 시 "무서운 시간"에서
1941.2.7.

저기 저 서슬 푸른 지옥의 바다 건너
섬나라 차디찬 철창은 "별"을 불렀다
"한번도 손들어 보지 못한" "별"을, ─

아희야,-
무심고 무심타,-
하늘아,-
바다야,-

"손들어 표할 하늘도 없는" 섬나라야,-
"팔복"이 있는 영원한 "별" 님과
만복이 나래치는 찬란한 샛 "별"들을
더금떠금 떠더금 형옥시키려면 인젠 더는 부르지 말아다오…

[35] ~윤동주 시 "새벽이 올 때까지"~

다들 죽어가는 사람들에게
검은 옷을 입히시오.

다들 살아가는 사람들에게
흰 옷을 입히시오.

그리고 한침대에
가즈런히 잠을 재우시오.

다들 울거들랑
젖을 먹이시오.

이제 새벽이 오면
나팔소리 드려올거외다.

     1941 년 5 월.

~竹林 담시노트~

35

"죽어가는 사람들" 과
"살아가는 사람들" 과
"검은 옷을 입힌" 것과
"흰 옷을 입힌" 것과
모든 것 "한침대에" "잠을 재우"게 하는것과
모두모두 징징 울 때 "젖을 먹이"게 하는것과
그리고,-
청신하고 맑은 "새벽이" 어김없이 올것이다 라고 확신하는
것과
힘차고 우렁찬 "나팔소리"가 세차게 "들려올"것이다 라
고 믿는것과
아,-…

"죽어가는 사람들" 아,-
"검은 옷을" 한껏 떨쳐 "입"고 나오라

광복의 기쁨 맛보게 어서 빨리 축제장으로 나오라

"살아가는 사람들" 아,-
"흰 옷을" 용껏 떨쳐 "입"고 나오라
해방의 곱새춤 덩실덩실 추게 축제장으로 나오라

"다들 죽어가는 사람들에게
검은 옷을 입히시오.

다들 살아가는 사람들에게
흰 옷을 입히시오.

…

이제 새벽이 오면
나팔소리 들려올거외다."

~윤동주 시 "새벽이 올 때까지"에서
1941.5.

"새벽이 오"지 않는 세상에서 자가당착증에 걸린 사나이-
동주
자가당착증에 걸렸어도 항상 희망의 끈을 놓지 않았던 사나
이- 동주

[36] ~윤동주 시 "또 태초의 아침"~

하얗게 눈이 덮이었고
전신주가 잉잉 울어
하나님 말씀이 들려온다

무슨 계시일가.

빨리
봄이 오면
죄를 짓고
눈이
밝어

이브가 해산하는 수고를 다하면

무화과 잎사귀로 부끄런데를 가리고

나는 이마에 땀을 흘려야겠다.

　　　1941 년 5 월 31 일.

~竹林 담시노트~

36

"아침" 이다

"태초의 아침" 이다

"또 태초의 아침" 을 고대 기다리는 "아침" 이다

"빨리 봄" 을 맞곺은 "아침" 이다

"부끄런데를" "무화과 잎사귀로" 가리워야 할 "아침"
이다

그리고 "이마에 땀을 흘려야" 할 신성한 "아침" 이다

"...

무화과 잎사귀로 부끄런데를 가리고

나는 이마에 땀을 흘려야겠다."

~윤동주 시 "또 태초의 아침" 에서

1941.5.31.

력동적인 풍경앞에서의 락천주의자 사나이- 동주

대쪽같은 장인정신의 실천주의자 사나이- 동주

이 텁썩부리도 "부끄런데를 가리고"

"이마에" 흥건히 흥건히 새로이 "땀을 흘려야겠다"…

[37] ~윤동주 시 "눈 감고 간다"~

태양을 사모하는 아이들아

별을 사랑하는 아이들아

밤이 어두웠는데
눈감고 가거라.

가진바 씨앗을
뿌리면서 가거라.

발뿌리에 돌이 채이거든
감았던 눈을 와짝 떠라.

　1941 년 5 월 31 일.

~竹林 담시노트~

37

그대들은 "태양을 사모해" 본적 한번이라도 있는가
그대들은 "별을 사랑해" 본적 반에 반번이라도 있었는가
그리고 "어두운" "밤"에 "눈 감고" 걸어 본적 있는가
그리고 "돌"에 "발부리"를 "채"워 본적 있는가
그리고 "가진바 씨앗을 뿌리면서 갈".려고 생각해 본적 있
는가
그리고 그리고,-
오밤중,
룡정 동산 윤동주유택을 정중히 찾아 교감해 본적 있는가

"태양을 사모하는 아이들아
별을 사랑하는 아이들아

...

발부리에 돌이 채이거든
감았던 눈을 와짝 떠라."

~윤동주 시 "눈 감고 간다"에서
1941.5.31.

"태양"과 "별"을 "사모, 사랑할"줄 아는 사나이- 동주
자신에게 "주어진" 사명의 "길"을 꿋꿋이 걸으며
희망의 "씨앗"을 세상에 뿌릴줄 아는 사나이- 동주

[38] ~윤동주 시 "길"~

잃어버렸습니다.
무얼 어디다 잃었는지 몰라
두손이 주머니를 더듬어
길에 나아갑니다.

돌과 돌과 돌이 끝없이 연달아
길을 돌담을 끼고 갑니다.

담은 쇠문을 굳게 닫아
길위에 긴 그림자를 드리우고

길은 아침에서 저녁으로
저녁에서 아침으로 통했습니다.

돌담을 더듬어 눈물짓다
쳐다보면 하늘은 부끄럽게 푸릅니다.

풀 한 포기 없는 이 길을 걷는 것은
담 저쪽에 내가 남아 있는 까닭이고

내가 사는 것은, 다만,
잃은 것을 찾는 까닭입니다.

1941 년 9 월 31 일.

~竹林 담시노트~

38

"잃어버렸습니다.
무얼 어디다 잃었는지 몰라
두손이 주머니를 더듬어

길에 나아갑니다.

돌과 돌과 돌이 끝없이 런달아
길은 돌담을 끼고 갑니다.

담은 쇠문을 굳게 닫아
길위에 긴 그림자를 드리우고

길은 아침에서 저녁으로
저녁에서 아침으로 통했습니다.

돌담을 더듬어 눈물짓다
쳐다보면 하늘은 부끄럽게 푸릅니다.

풀 한포기 없는 이 길을 걷는것은
담 저쪽에 내가 남아있는 까닭이고

내가 사는것은, 다만
잃은것을 찾는 까닭입니다."

~윤동주 시 "길"에서
1941.9.31.

꿈을 찾아 "돌담" "길" 나선 사나이- 동주
"풀 한포기 없는 이 길"에서 꿈을 잃는 자는
"푸른" "하늘" 마저도

"부끄럽게" "쳐다볼" 수 없다는것을 일깨워준 사나이- 동
주

"내가 남아있는 까닭"과 "내가 살"아 "잃은것을 찾는
까닭"을

뜨거운 가슴에 항용 묻고 사는 사나이- 동주

바람을 앞세우고 미로를 걷고 있는 "긴 그림자"들에게

어제도

오늘도

래일도

"부끄러움"의 새 리정표를 선물하는 사나이- 동주

[39] ~윤동주 시 "간판 없는 거리"~

정거장 플래트홈에

내렸을 때 아무도 없어

다들 손님들뿐

손님같은 사람들뿐

집집마다 간판이 없어

집 찾을 근심 없어

빨갛게

파랗게

불붙는 문자도 없이
모퉁이마다
자애로운 헌 와사등에
불을 켜놓고,

손목을 잡으면
다들, 어진 사람들
다들, 어진 사람들

봄, 여름, 가을, 겨울
순서로 돌아들고.

　　　　1941 년.

~竹林 답시노트~

39

"정거장" 앞은
당연히,-
려인숙, 선술집, 국수집, 구멍가게… "간판"들로
"빨갛"게 "파랗"게 현란하게 "손님들"을 유혹한다
하지만 동주의 눈에는 "간판 없는 거리"로 보이는 까닭
은?!,-

더욱이 "남의 나라" 글로 된
"간판" 있는 "거리"를 쓸쓸히 거닐다는것은?!,–
이런 처량한 "거리" "모퉁이마다"
따뜻하고 "자애로운 헌 와사등에 불을 켜놓"으면
"다들, 어진 사람들" 모이고 모여
저저마다 마음속 둥우리에서 쌍심지 돋구고 또 돋구런만,
—…

룡정 일송정아래 용두레우물가에서 한달음 왔쑤…
두만강역 죽림툰에서 마파람 왔쑤꾸매…
압록강역 집안성에서 불철주야 왔단께…
평양성에서 개성을 지나 씽경씽경 왔씁네…
부산 김해에서 박달재를 넘어 허위허위 왔다아임껴…
하회마을 안동에서 간고등어장터 삼일장 보고 부랴부랴 왔쑤
예…

  "…

모퉁이마다
자애로운 헌 와사등에
불을 켜놓고

손목을 잡으면
다들, 어진 사람들

다들, 어진 사람들

봄, 여름, 가을, 겨울
순서로 돌아돌고"
~윤동주 시 "간판 없는 거리" 에서
1941.

이웃들의 마음을 헤아려 한곳으로 인도할줄 아는 사나이- 동
주
"간판 없는 거리" 를
"간판" 있는 새 "거리" 로 만드는데 일조하려는 사나이-
동주

[40] ~윤동주 시 "흐르는 거리"~

으스럼히 안개가 흐른다. 거리가 흘러 간다. 저 전차, 자동
차, 모든 바퀴가 어디로 흘리워 가는 것일가? 정박할 아무 항
구도 없이, 가련한 많은 사람들을 실고서, 안개 속에 잠긴 거
리는

거리모퉁이 붉은 포스트상자를 붙잡고 섰을라면 모든 것이
흐르는 속에 어렴풋이 빛나는 가로등, 꺼지지 않는 것은 무슨
상징일가? 사랑하는 동무 박이여! 그리고 김이여! 자네들은 지
금 어디 있는가? 끝없이 안개가 흐르는데

'새로운 날 아침, 우리 다시 정답게 손목을 잡아보세' 몇자 적어 포스트 속에 떨어뜨리고 밤을 세워 기다리면 금휘장에 금 단추를 삐였고 거인처럼 찬란히 나타나는 배달부, 아침과 함께 즐거운 래림,

이 밤을 하염없이 안개가 흐른다.

1942 년 5 월 12 일.

~竹林 담시노트~

40

"안개가 흐른다"
"거리" 도 "흐른다"
"모든 바퀴가" "홀리워" "흐른다"
"가련한 많은 사람들" 도 "흐른다"
"모든것이"
"으스름히"
"어렴풋이"
"끝없이"
"하염없이" 처절히 처절히 "흘" 러 "흐른다"

"사랑하는 동무 박이여! 그리고 김이여!"
도대체 우리가 어디로 "흘" 러 가야 한단말인가

오늘,-

"우리 다시 정답게 손목을 잡아 보"자 라고

서울 친구 강처중(동주 친구, 훗날 "경향신문" 기자 됨,

정지용시인 서문, 강처중 발문으로 된 윤동주의

"하늘과 바람과 별과 시" 유고시집 최초 간행됨)에게

문안편지와 시 몇편 보내는 "새로운 날 아침"은 마냥 "즐
겁"기만 하다…

　"…

　…

　'새로운 날 아침, 우리 다시 정답게 손목을 잡아보세'　몇
자 적어 포스트 속에 떨어뜨리고 밤을 새워 기다리면…

이 밤을 하염없이 안개가 흐른다."

~윤동주 시 "흐르는 거리"에서
1942.5.12.

우리것을 잊지 않고 살려는 몸부림의 사나이- 동주

"새로운 날 아침"을 갈망하고

그 언제나 그 어디에서나 "새롭"게 속다짐하고 속다짐했던
사나이- 동주

제3부

"입술이 꺼멓게 숯을 바르고
옛이야기 한컬레에 감자
하나씩" … (41~61)

[41] ~윤동주 시 "기와장내외"~

비오는날 저녁에 기와장내외
잃어버린 외아들 생각나선지
꼬부라진 잔등을 어루만지며
쭈룩쭈룩 구슬피 울음웁니다

대궐지붕 위에서 기와장내외
아름답던 옛날이 그리워선지
주름잡힌 얼굴을 어루만지며
물끄럼이 하늘만 쳐다봅니다.

　　　　　　1936 년초(추정).

~竹林 담시노트~

41

"비 오는 날 저녁에 기와장내외
잃어버린 외아들 생각나선지
꼬부라진 잔등을 어루만지며
쭈룩쭈룩 구슬피 울음 웁니다

대궐지붕우에서 기와장내외

아름답던 옛날이 그리워선지
주름 잡힌 얼굴을 어루만지며
물끄럼이 하늘만 쳐다봅니다."
~윤동주 시 "기와장내외"에서
1936.초(추정).

시기; 1935 ~ 1936 년.
동주 나이; 19 ~ 20 세.
학교; 룡정 은진중학교에서 평양 숭실중학교로.
숭실학교 "숭실활천"제 15 호,
시 "공상"발표. 최초로 인쇄화됨.

동주의 첫 동시 "조개껍질",
시 "기와장내외"는 19 세에 쓴 동시임.
평기와(암키와)와 둥근 기와(숫키와)를
남들은 무심히 지나쳤으나
동주의 예리한 눈썰미로 한낱 비바람막이 "기와장"이가
인정미 솔솔 풍기는 "내외(부부간)"분으로 탄생, 의인화
됨.
1 련과 2 련 조화를 이루는 대비, 대조, 대구법 리용함.

룡정 명동학교 때 이미 서울에서 간행되던
"어린이", "아이생활"등 아동잡지 정기 구독.
그 암담하고 험악한 시기,
그것도 시골에서 대도시의 잡지를 정기 구독하다니?!…

오,
탄복한다,
동시인- 동주

오,
흠모한다,
동시인- 동주

[42] ~윤동주 시 "식권"~

식권은 하루 세끼를 준다.

식모는 젊은 아이들에게
한때 흰 그릇 셋을 준다.

대동강 물로 끓인 국
평안도 쌀로 지은 밥
조선의 매운 고추장

식권은 우리 배를 부르게.

　　　1936년 3월 20일.

~竹林 담시노트~

42

"흰" 옷
"흰 그릇"
"조선의 매운 고추장"
우리는 백의동포 "조선" 눔이다

"대동강 물로 끓인 국" 먹고 피를 만들고
"평안도 쌀로 지은 밥" 먹고 혼을 만들고
"조선의 매운 고추장" 먹고 맥을 만들고지고…

"…

식모는 젊은 아이들에게
한때 흰 그릇 셋을 준다.

대동강 물로 끓인 국
평안도 쌀로 지은 밥
조선의 매운 고추장

…"

~윤동주 시 "식권"에서
1936.3.20.

"흰" 옷
"흰 그릇"
"조선의 매운 고추장"
우리는
피와
혼과
맥이
서로서로 통하는 신토부리 "조선" '놈'!

[43] ~윤동주 시 "가슴 3"~

불 꺼진 화독을
안고 도는 겨울밤은 깊었다.

재만 남은 가슴이
문풍지소리에 떤다.

1936 년 7 월 24 일.

~竹林 담시노트~

43

"불 꺼진 화독을
안고 도는 겨울밤은 깊었다.

재만 남은 가슴이
문풍지소리에 떤다."

~윤동주 시 "가슴 3"에서
1936.7.24.

동주가 시 "가슴 3"을 쓴 시기; 1936 년 7 월 24 일
왜 동주가 질질 끓는 삼복염천에 이런 "차가운" 시를 썼을
가?

"불 꺼진 화독"과 "재만 남은 가슴".
"깊"은 "겨울밤"과 "문풍지 소리에 떠"는 "가슴".

동주는
늘,
그리고,-
일찍히 "'모순'" 덩어리를 품고 "리해"하고 있고지
고…

"신사참배"에 철저히 굴복하지 않고
그 언제나 치렬하게 자기반성을 완수하려 했던 사나이- 동주

[44] ~윤동주 시 "굴뚝"~

산골짜기 오막살이 낮은 굴뚝엔
몽기몽기 웨인 내굴 대낮에 솟나.

감자를 굽는게지 총각애들이
깜박깜박 검은 눈이 모여앉아서
입술이 꺼멓게 숯을 바르고
옛이야기 한컬레에 감자 하나씩.

산골짜기 오막살이 낮은 굴뚝엔
살랑살랑 솟아나네 감자 굽는 내.

1936. 가을.

~竹林 담시노트~

44

"산골짜기 오막살이 낮은 굴뚝엔
몽기몽기 웨인 내굴 대낮에 솟나.

...

산골짜기 오막살이 낮은 굴뚝엔

살랑살랑 솟아나네 감자 굽는 내."

~윤동주 시 "굴뚝" 에서

1936. 가을.

평화로운 산촌, -

"깜박깜박 검은 눈이 모여 앉아서

입술이 꺼멓게 숯을 바르고

옛이야기 한컬레에 감자 하나씩"

"감자 굽는 내"와 살내음과 함께 뭉클 샘솟구치는

정겨운 시골 산촌이 그림처럼 펼쳐진다

사무치게 그립고 그립은 산촌.

"몽기몽기"

"깜박깜박"

"살랑살랑"

외형미 내형미 듬뿍 쏟아지던 시골 산촌은

요지음은 세월네월 속 그림의 떡.

지금, ㅡ

모든 눈과 손과 발과 구겨진 령혼마저

이끼 누런 금싸래기와 곰팡이 득실대는 계기에 빼앗겨

항상 "'모순' 두자를 리해치 못"한채 어정쩡 곱새춤만

춰댄다…

앗, -

열손가락 손톱눈 싯퍼렇게 싯퍼렇게 깨지고 깨진다…

[45] ~윤동주 시 "무얼 먹구 사나"~

바닷가 사람
물고기 잡어먹고 살고

산골엣 사람
감자 구어먹고 살고

별나라 사람
무얼 먹고 사나.

1937 년 3 월.

~竹林 담시노트~

45

"바다가 사람
물고기 잡아먹구 살구

산골엣 사람
감자 구워먹구 살구

별나라 사람

무얼 먹구 사나."

~윤동주 시 "무얼 먹구 사나"에서

재미있는 동시 한편 줍고 온 하루 종알중얼 대며
"별나라 사람" 찾아 구만리 하늘 하늘하늘 나래치다…

그리고,-

호화하이야 몰고 금싸래기를 번쩍거리는 "사람"과

스마트폰과 짓꺼리하며 이쑤시는 "사람"과

싸구려 근량쭝 령혼을 팔고사는 "사람"들을

다짜고짜 비바람앞에 불러 불러 세워놓고

"별나라 사람"들 "무얼 먹구 사나" 하고 묻고 물어대다

모두들 도리머리질,-

모두들 퀭한 눈길,-

핫,-

이 텁썩부리를 바보라고 손가락질해대다…

풍부한 상상력의 소유자 사나이- 동주

인간의 삶과 고뇌를 사색, 고민했던 사나이- 동주

[46] ~윤동주 시 "가을밤"~

궂은비 내리는 가을밤

벌거숭이 그대로

잠자리에서 뛰쳐나와
마루에 쭈그리고 서서
아이ㄴ양 하고
쏴— 오줌을 쏘오.

1936 년 10 월 23 일 밤.

~竹林 담시노트~

46

"궂은비 내리는 가을밤
벌거숭이 그대로
잠자리에서 뛰쳐나와
마루에 쭈그리고 서서
아이ㄴ양 하고
쏴— 오줌을 쏘오."
~윤동주 시 "가을밤"에서
1936.10.23. 밤

너무나도 자연적이다
너무나도 순수적이다
너무나도 목가적이다
너무나도 전원적이다
너무나도 평화적이다

...

인정세태 곪삭아가는 오늘,-
"벌거숭이" "아이"처럼
앞뜰 밤나무에
"솨― 오줌을" 쏴고싶어짐은 또…

참,-
오늘도
동주의 "가을밤"이 마냥 그립고지고…

[47] ~윤동주 시 "버선본"~

어머니
누나 쓰다 버린 습자지는
두었다간 뭣에 쓰나요?

그런 줄 몰랐더니
습자지에다 내 버선 놓고
가위로 오려
버선본 만드는걸.

어머니
내가 쓰다 버린 몽당연필은

두었다간 뭣에 쓰나요?

그런 줄 몰랐더니
천 위에다 버선본 놓고
침 발라 점을 찍곤
내 버선 만드는걸.

1936 년 12 월초

~竹林 담시노트~

47

"어머니!
누나 쓰다 버린 습자지는
두었다간 뭣에 쓰나요?

그런줄 몰랐더니
습자지에다 내 버선 놓고
가위로 오려
버선본 만드는걸.

어머니!
내가 쓰다 버린 몽당연필은

두었다간 뭣에 쓰나요?

그런줄 몰랐더니
천우에다 버선본 놓고
침 발라 점을 찍곤
내 버선 만드는걸."
~윤동주 시 "버선본"에서
1936.12. 초

"쓰다 버린 습자지"는 말한다
인품의 너그러움과 크기와 부지런함으로
마을에서 항용 칭송받던 동주 어머님(김룡)이라고,-

"쓰다 버린 몽당연필"도 역시 말한다
손재주, 바느질솜씨도 동네방네 소문나
처녀들의 혼례 새색시옷도 늘 정례했던 동주 어머님이라고,-

정성 듬뿍 "버선본"도,
사랑 담뿍 "내 버선"도 더더욱 말한다
"티끌모아 태산"의 전범 동주 어머님이라고…

윤동주의 문답식으로 된 아주 따스한 동시!
오늘 보아도 아름다운 동시 수작!

그 언제나 그 어디에서나 항상 눈썰미가 특별히 뛰여나고,

아주 사소한 사물일지라도 잘 관찰하여 동시를 재치있게 쓰고 있는 동시인- 동주

[48] ~윤동주 시 "편지"~

누나
이 겨울에도
눈이 가득히 왔습니다

흰 봉투에
눈을 한 줌 넣고
글씨도 쓰지 말고
우표도 붙이지 말고
말쑥하게 그대로
편지를 부칠가요?

누나 가신 나라엔
눈이 아니 온다기에.

1936년 12월(추정).

~竹林 담시노트~

48

"누나!
이 겨울에도
눈이 가득히 왔습니다.

흰 봉투에
눈을 한줌 넣고
글씨도 쓰지 말고
우표도 붙이지 말고
말쑥하게 그대로
편지를 부칠가요?

누나 가신 나라엔
눈이 아니 온다기에."

~윤동주 시 "편지"에서

1936.12.(추정)

동주에게는 진짜 이상분으로 되는 형제 "누나"가 없다
남동생(윤일주, 윤광주) 둘, 막내 녀동생(윤혜원) 있을뿐,

그럼, "누나"란 짝사랑했던 "순이"일가…
아니면,-
아니면,-
그 누구일가?…

어떠한 "누나"이기에 "말쑥"한 "편지"까지 보내려 할까?…

그것도 "글씨" 대신 "한줌"의 "눈"만 "넣"은 "편지"를,-

그리고 이 세상에 둘도 없는, 동주에게만 딱 있는 "편지"를,-

그리움의 정을 절절하게 표현했던 사나이- 동주
어린이처럼 정결한 심성을 발로했던 사나이- 동주
사랑의 시인- 동주
생명의 시인- 동주

[49] ~윤동주 시 "사과"~

붉은 사과 한 개를
아버지, 어머니
누나, 나 넷이서
껍질채로 송치까지
다 - 나눠 먹었소.

1936 년 12 월(추정).

~竹林 담시노트~

49

"붉은 사과 한개를
아버지, 어머니
누나, 나 넷이서
껍질채로 송치까지
다— 나눠먹었소."

~윤동주 시 "사과"에서
1936.12(추정).

"붉은 사과 한 개" 가
"껍질채로 송치까지" 네쪽으로 갈라진다
"누나"와 "나"는 냠냠 맛갈스레 먹으며
"아버지, 어머니" 보고
종알종알
쏭알쏭알
방긋방긋
방글방글…

고결하고 애틋한 가족애가 듬뿍 담긴 "사과" 네쪼각,
선명하고 맑고 아름다운 사랑의 맥박 흘러 넘쳐 더더욱 슬퍼
지고…

지금,—
너무나도 찾아보기 힘든 전원풍경.

지금,-

시장가엔 사과 뿐만 아니라 사시 뭇 과일 풍년, 배부른 홍타
령…

지금, 과연 이 시대에 우리가 순 잃고 잃어 가고 있는것은
무엇?!,-

지금, 과연 우리가 또 빼앗기고 빼앗겨 가고 있는것은 도대
체 무엇?!,-

지금, 그래 진정 그렇게도 우리가 소망하고 되찾아야 할것은
또 무엇?!,-

오,-

창천아,

어서 대답해다오…

[50] ~윤동주 시 "빨래"~

빨랫줄에 두 다리를 드리우고
흰 빨래들이 귀속 이야기하는 오후

쨍쨍한 칠월 해발은 고요히도
아담한 빨래에만 달린다.
                    1936 년.

~竹林 담시노트~

50

"빨래줄에 두다리를 드리우고
흰 빨래들이 귀속 이야기하는 오후

쨍쨍한 칠월 해발은 고요히도
아담한 빨래에만 달린다."

~윤동주 시 "빨래"에서
1936.

한 여름속 마을마다 집집마다
"빨래들"의 "이야기"들은
무척 정취가 물씬했고 싱그럽기만 하였다
"빨래"한테 "쨍쨍한" "해발"이 주는 선물 또한 고맙기
도 하였다
"흰 빨래들이" 조곤조곤 "이야기하는" 날은
무언가가 새롭고 알콩달콩 하는 날이였다
생의 침묵을 "쨍쨍한" "해발"로 깨우는 날이였다
바깥 바람 속에 "두다리를 드리우"는 "빨래"는 늘 보송보
송하기도 했다…

요지음의 "빨래"들은 "쨍쨍한" "해발"의 맛도 모르고

곰삭은 곰팡이와 한바지 입고 정나미 없는 코대와 어깨를 으스대고 있다…

시적대상에 관한 내외적 관찰력의 소유자 동시인- 동주
직관적 분위기의 연출을 의인화로 표현시킨 동시인- 동주

오늘따라,-
죽림동의 "흰 빨래들이 귀속 이야기하는" 것을 무척 듣고싶어짐은 또…

[51] ~윤동주 시 "호주머니"~

넣을것 없어
걱정이던
호주머니는

겨울만 되면
주먹 두개 갑북갑북.

1936년 12월-1937년 1월(추정).

~竹林 담시노트~

51

"넣을것 없어

걱정이던

호주머니는

겨울만 되면

주먹 두개 갑북갑북."

~윤동주 시 "호주머니"에서

　　1936.12-1937.1(추정).

땅딱지 와작대던 "호주머니"였다

알구슬 총총대던 "호주머니"였다

반달사탕 달콤하던 "호주머니"였다

콩닦께 고소하던 "호주머니"였다

무말랭이 동네돌이하던 "호주머니"였다

보물창고로 소문난 "호주머니"였다

난로와 장갑으로 살갑던 "호주머니"였다…

…

핫,―

요지음,-

금싸래기 금고로 둔갑한 "호주머니"이다가

요지음,-

계기보관 응급처로 드바쁜 "호주머니"이다가

요지음,-

소화불량에 시끌벅적대는 "호주머니"이다가

요지음,-

"넣을것" 너무 많아 "걱정"인 "호주머니"이다가…

묻노니,-

"갑북갑북"([가득가득]이란 뜻의 평안북도 방언)

체취 스리슬슬 코끝 건드리던 "호주머니"와

빈 손으로 왔다가 빈 손으로 가는,-

정겹고 호젓한 "호주머니"들은 다 어디로 갔을가…

그리고,-

당신의 수많은 "호주머니"의 현주소는?!..

눈물과 해학으로 앙증스럽게 달달한 동시를 쓴 동시인- 동주

천진란만한 시선으로 따뜻한 마음을 안겨준 동시인- 동주

[52] ~윤동주 시 "할아버지"~

왜떡이 쓴데도

자꾸 달라고 하오.

1937 년 3 월 10 일.

~竹林 담시노트~

52

"왜떡("왜 떡" * 필자 注)이 쓴데도
자꾸 달다고 하오."

~윤동주 "할아버지"에서

1937.3.10.

"왜떡"에서 "왜"자와 "떡"자를 무엇 때문에 붙혀 썼을
가?

아니면 "왜 떡"처럼 "왜"자와 "떡"자를 무엇 때문에
띄여 쓰지 않았을가?

"왜떡"라고 한덩어리 단어로 붙혀썼다면,

그시대 상황에 따라 일본놈(왜倭놈)들의 "떡"이라는 비꼬
아 표현일것이고

"왜 떡"라고 두 개 단어로 띄여썼다면,

'무슨 까닭', '어째서'의 뜻으로 물음을 제기하는 말로
서

"쓰"다와 "달다"를 말하는 그저 일반적이고 슴슴한 표현
일것이다…

"왜떡"이라고 한덩어리 단어를 만들어 붙혀썼을것이다에

큰 무게가 실리면서

후한 점수를 주며 박수갈채를 보내지 않을수가 없어진다…

"왜떡"의 국어사전적 의미;-

(지난날, 밀가루나 쌀가루를 반죽하여

얇게 늘여서 구운 떡을 이르던 말.)

그리고 무엇 때문에 이 시 제목을
"왜떡" 이라고 달지 않고,
"할아버지" 라고 달았을가???…

동주는 가장 짧은 시에서
시문학의 위대한 힘으로,
또한 특별히 반어적으로,
야유를 발효, 발산시킨 동시인- 동주

[53] ~윤동주 시 "밤"~

외양간 당나귀
아 -ㅇ 앙 외마디 울음 울고

당나귀 소리에
으-아 아 애기 소스라쳐 깨고

등잔에 불을 다오.

아버지는 당나귀에게
짚을 한 키 담아주고,

어머니는 애기에게

젖을 한 모금 먹이고

밤은 다시 고요히 잠드오.

1937년 3월.

~竹林 담시노트~

53

"외양간 당나귀
아ー° 앙 외마디 울음 울고

당나귀소리에
으ー아 아 애기 소스라쳐 깨고

등잔에 불을 다오.

아버지는 당나귀에게
짚을 한키 담아주고

어머니는 애기에게
젖을 한모금 먹이고

밤은 다시 고요히 잠드오."

~윤동주 시 "밤"에서

　　　　　　1937.3.

정적인데로부터

동적인데로

동적인데로부터

다시 정적인데로,—

눈앞에 한매의 목가적인 화폭이 찬연히 펼쳐진다

두 귀 너머 전원적인 성음이 성스럽게 울려온다

시골농가의 풍경이 평화롭고 정겹웁고지고…

[54] ~윤동주 시 "장"~

이른 아침 아낙네들은 시들은 생활을

바구니 하나 가득 담아 이고…

업고 지고… 안고 들고…

모여드오, 자꾸 장에 모여드오.

가난한 생활을 골골이 벌여 놓고

밀려가고 밀려오고…

저마다 생활을 웨치오… 싸우오.

온 하루 올망졸망한 생활을

되질하고 저울질하고 자질하다가

날이 저물어 아낙네들이
쓴 생활과 바꾸어 또 이고 돌아가오.

1937 년 봄.

~竹林 담시노트~

54

"이른 아침 아낙네들은 시들은 생활을
바구니 하나 가득 담아 이고…
업고 지고… 안고 들고…
모여드오, 자꾸 장에 모여드오.

…

온 하루 올망졸망한 생활을
되질하고 저울질하고 자질하다가
날이 저물어 아낙네들이
쓴 생활과 바꾸어 또 이고 돌아가오."

~윤동주 시 "장"에서

1937. 봄.

하얀 저고리 검정치마 "아낙네들"

산나물과 고추, 가지, 무말랭이들과 도깨비짐승들
"이고… 업고 지고… 안고 들고…"
룡정 서시장에 구름떼같이 "모여드오"

명동에서 온 "아낙네들" 도
팔도에서 온 "아낙네들" 도
구룡에서 온 "아낙네들" 도
투도에서 온 "아낙네들" 도
…
"시들은 생활" 과
"가난한 생활" 과
"올망졸망한 생활" 과
쓰디 "쓴 생활" 들을
"저마다" "골골이 벌여놓고"
"밀려가며 밀려오" 는 속에서
"되질하고 저울질하고 자질하" 며
"아낙네들" "싸우(싸구려)" 며 "웨치오"

"아낙네들" 어둠을 짖썰며
새 보자기 "갑북갑북"
"이고…
업고
지고…
안고

들고…"
골방 골방 별과 함께 달과 함께 "돌아가오"…
새 검정고무신 깨금발질 호호호 마중하오…
반달사탕랑 고애(고양이)똥과자랑 오물오물 반겨주오…
구수한 간고등어 주먹코에 걸려 허허허 웃어주오…
시원컬컬 막걸리도 넉사자 되어 흔들흔들 삽작문 열어주오…

향토의 시인- 동주
민중의 시인- 동주

[55] ~윤동주 시 "울적"~

처음 피워본 담배맛은
아침까지 목 안에서 간질간질타.

어제 밤에 하도 울적하기에
가만히 한대 피워보았더니.

1937.6.

~竹林 담시노트~

55

"처음 피워본 담배맛은

아침까지 목안에서 간질간질타.

어제밤에 하도 울적하기에

가만히 한대 피워보았더니."

~윤동주 시 "울적"에서

1937.6.

동주가 "담배"를 "피웠"다고???

그것도 "처음"으로?…

왜?

왜?

"담배"를 "피웠"을가???

"하도 울적하기에" "피웠"단다…

그런데 왜 "울적"했을가???

왜???

왜???

"신사참배거부사건" 이후,

고민과

고뇌와

번민속에서

"담배"로 "울적"함을 달랬으리라…

동주야,-

이젠 "담배"를

"가만히"
"가만히" "피" 우지 말고
마음대로
마음껏 "피워"
"울적" 함을 왈칵 소각해 버리렴…

[56] ~윤동주 시 "비ㅅ뒤"~

「어 – 얼마나 반가운비냐」
할아바지의 즐거움.

가물 들었던 곡식 자라는 소리
할아바지 담배 빠는 소리와 같다.

비ㅅ뒤의 해살은
풀잎에 아름답기도 하다.

    1937 년 7~8 월(추정).

~竹林 담시노트~

56

" '어— 얼마나 반가운 비냐'
할아버지의 즐거움.

가물 들었던 곡식 자라는 소리
할아바지 담배 빠는 소리와 같다.

비ㅅ뒤의 해살은
풀잎에 아름답기도 하다."

~윤동주 시 "비ㅅ뒤"에서
1937.7~8(추정).

할배 허리 쏭쏭쏭
할매 무릎 쏠라닥쏠라닥
쌍가매 어머이 실개천에서 호미자루 웽강쟁강
똥돌이 입투레질 오늘 따라 틉투루루틉투루루
돌퇴마루밑 개미들 이사하느라 발빠름 발뱜빨뱜
제비들도 오늘 따라 낮게 날며 쌔앵씨잉
거미들도 그물망 늘여놓고 복자리 용트림 요웅요웅
버들가지 마개로 된 물병 거꾸로 매달아 꿀럭꿀럭
키로 물을 길어 머리에 이고 다니며 저벅저벅
부채질도 하지 말라 모자도 쓰지 말라 징징쟁쟁
명동의 수호신– 선바위로 기우제를 지낼러 어서어서 간다
하아얀 떼들이 줄지어 말달구지와 소발구를 씽겅씽겅 뒤따른
다

하아얀 모시보자기속 물함지에 듬뿍 담긴 좁쌀보리쌀감자밥도 싣겨간다

하아얀 각목천보자기속 이남박에 넘지시 담긴 돼지대가리도 흐드러져 간다

하아얀 삼베보자기속 비술광주리에 삐죽히 담긴 막걸리술통도 흥얼흥얼 코노래 한다

아얏따,- 여보 해환이 어미, 선바위에 뿌리 돼지생피를 갖고 왔노?

예이,- 으런히 챙겼쑤예…

…

이 땅의 숲과 오곡의 노래가

"할아버지의 즐거움"과

"할아버지 담배 빠는 소리"와 함께

룡정 명동의 선바위 너머 넘어

저기 저 동산 하늘가로

명랑하게 울려 퍼진다…

우렁차게 울려 퍼져 나아간다…

[57] ~윤동주 시 "슬픈 족속"~

흰 수건이 검은 머리를 두르고

흰 고무신이 거친 발에 걸리우다.

흰 저고리 치마가 슬픈 몸집을 가리고
흰 띠가 가는 허리를 질끈 동이다.

1938 년 9 월.

~竹林 담시노트~

57

**"흰 수건이 검은 머리를 두르고
흰 고무신이 거친 발에 걸리우다.**

**흰 저고리 치마가 슬픈 몸집을 가리고
흰 띠가 가는 허리를 질끈 동이다."**

~윤동주 시 "슬픈 족속"에서

1938.9.

"흰 수건" 아, -
"흰 고무신" 아, -
"흰 저고리 치마" 야, -
"흰 띠" 야, -
우리는 백의민족.

158

"검은 머리" 야,-
"거친 발" 아,-
"슬픈 몸집" 아,-
"가는 허리" 야,-
우리는 "슬픈 족속".

"두르고" "걸리우다"
"가리고" "질끈 동이다"
우리는 나라를 잃고 상복을 입었지만
뼈를 물고 건뜬히 일어서서 별빛을 찾는 "족속".

"위험한 언어" 로
"위험한 내용" 의 시를 표출한 사나이- 동주
배움과 익힘의 과정속에서
민족의 애환을 소소리 웨친 사나이- 동주

[58] ~윤동주 시 "고추밭"~

시들은 잎새 속에서
고 빨-간 살을 드러내놓고
고추는 방년된 아가씬양
땍볕에 자꾸 익어간다.

할머니는 바구니를 들고

밭머리에서 어정거리고
손가락 너어는 아이는
할머니 뒤만 따른다.
   1938년 10월 26일.

~竹林 담시노트~

58

"시들은 잎새속에서
고 빨―간 살을 드러내놓고
고추는 방년된 아가씬양
땍볕에 자꾸 익어간다.

할머니는 바구니를 들고
밭머리에서 어정거리고
손가락 너어(빨다)는 아이는
할머니 뒤만 따른다."
  ~윤동주 시 "고추밭"에서
      1938.10.26.

이젠,―
이제는,―
  "고 빨―간 살을 드러내놓고"

"방년된 아가씬양"

"땍볕에 자꾸 익어가"는 "고추밭"은,—

인젠 더는 "동가네지팡(董家地方)" 밭이 아니다

바로,—

바로,—

"바구니를 들고"

"밭머리에서 어정거리"는 "할머니"가 주인이 된 밭이며,

바로 또한,—

"손가락"을 빨("너어는")며

"할머니 뒤만" 졸졸 "따르"는 "아이(손주)"들의 당당
한 밭이다…

참, 자연스럽고

참, 목가적이며

참, 평화스럽고

참, 희망적이다…

"고추밭"은 어제도 스스로 길을 냈다…

"고추밭"은 오늘도 스스로 길을 낸다…

"고추밭"은 래일도 스스로 길을 내고지고…

[59] ~윤동주 시 "투르게네프의 언덕"~

나는 고개길을 넘고 있었다… 그때 세 소년거지가 나를 지나 쳤다.

첫째아이는 잔등에 바구니를 둘러메고, 바구니속에는 사이다 병, 간즈매통, 쇠조각, 헌 양말짝 등 페물이 가득하였다.

둘째아이도 그러하였다.

셋째아이도 그러하였다.

텁수룩한 머리털, 시커먼 얼굴에 눈물 고인 충혈된 눈, 색 잃어 푸르스럼한 입술, 너덜너덜한 람루, 찢겨진 맨발,

아― 얼마나 무서운 가난이 이 어린 소년들을 삼키였느냐!

나는 측은한 마음이 움직이였다.

나는 호주머니를 뒤지였다. 두툼한 지갑, 시계, 손수건… 있 을것은 다 있었다.

그러나 무턱대고 이것들을 내줄 용기는 없었다. 손으로 만지 작거릴뿐이었다.

다정스레 이야기나 하리라 하고 "애들아" 불러보았다.

첫째 아이가 충혈된 눈으로 흘끔 돌아다볼뿐이었다.

둘째 아이도 그러할뿐이었다.

셋째 아이도 그러할뿐이었다.

그리고는 너는 상관없다는듯이 자기네끼리 소근소근 이야기 하면서 고개로 넘어갔다.

언덕위에는 아무도 없었다.

짙어가는 황혼이 밀려올뿐-

1939 년 9 월.

59

"나는 고개길을 넘고 있었다… 그때 세 소년거지가 나를 지나쳤다.

첫째아이는 잔등에 바구니를 둘러메고, 바구니속에는 사이다병, 간즈메통, 쇠쪼각, 헌 양말짝 등 폐물이 가득하였다.

둘째아이도 그러하였다.

셋째아이도 그러하였다.

텁수룩한 머리털, 시커먼 얼굴에 눈물 고인 충혈된 눈, 색 잃어 푸르스럼한 입술, 너덜너덜한 람루, 찢겨진 맨발,

아— 얼마나 무서운 가난이 이 어린 소년들을 삼키였느냐!

나는 측은한 마음이 움직이였다.

나는 호주머니를 뒤지였다. 두툼한 지갑, 시계, 손수건… 있을것은 다 있었다.

그러나 무턱대고 이것들을 내줄 용기는 없었다. 손으로 만지작거릴뿐이었다.

다정스레 이야기나 하리라 하고 "애들아" 불러보았다.

첫째 아이가 충혈된 눈으로 흘끔 돌아다볼뿐이었다.

둘째 아이도 그러할뿐이었다.

셋째 아이도 그러할뿐이었다.

그리고는 너는 상관없다는듯이 자기네끼리 소근소근 이야기하면서 고개로 넘어갔다.

언덕위에는 아무도 없었다.

짙어가는 황혼이 밀려올뿐-"

~ "윤동주 시 " 투르게네프의 언덕" 에서

1939.9.

수필같은 시,

시같은 수필,

자아성찰의 시,

당신의 휴머니즘(인도주의)은 어떤 표정을 짓고 있는지…

당신은 동족애의 거울로 싸구려 마음을 단 한번이라도 비추어 본적 있는지…

"짙어가는 황혼이 밀려오" 는 "언덕우에는 아무도 없어" 도

불멸의 청년- 동주는

저 "언덕위에" 서 영원히 찬란한 별이 되어 살아 숨쉬고 있고지고…

[60] ~윤동주 시 "태초의 아침"~

봄날 아침도 아니고

여름, 가을, 겨울,

그런 날 아침도 아닌 아침에

빨-간 꽃이 피어났네

해빛이 푸른데

그 전날 밤에

그 전날 밤에
모든것이 마련되였네

사랑은 뱀과 함께
독은 어린 꽃과 함께

1941년 5월 31일(추정).

~竹林 담시노트~

60

"봄날 아침도 아니고
여름, 가을, 겨울,
그런 날 아침도 아닌 아침에

...

...

사랑은 뱀과 함께
독은 어린 꽃과 함께"

~윤동주 시 "태초의 아침"
1941.5.31(추정)

"봄날 아침도 아니고

여름, 가을, 겨울,

그런 날 아침도 아닌 아침" 이란 있을수 있는가…

하지만 동주는

"빨—간 꽃이 피"고

"해빛이 푸르"른 "그런 날 아침"을 펼쳐보이고 있다

이는 분명 "봄날"의 "아침"이 아니면 "여름"의 "아침"이 아닐가…

이런 계절,

"그 전날 밤에" 울타리를 벗어나

"태초의" 언어를 굽이굽이 나이테에 새기며

"모든것"을 "마련"해 알콩달콩

동방화촉 돗자리를 펴주고 있다

"어린 꽃"의 달콤한 "독"즙을 훔쳐 빨아먹고

꽃"뱀"은 "사랑"의 새 세계를 열어가고 있다…

오호라,-

루루 천년…

루루 만년…

[61] ~윤동주 시 "못 자는 밤"~

하나, 둘, 셋, 넷

...

밤은
많기도 하다.

1941년 6월(추정).

~竹林 담시노트~

61

"하나, 둘, 셋, 넷
...
밤은
많기도 하다."
~윤동주 시 "못 자는 밤"에서
1941.6(추정).

"못 자는 밤"라고 하면
"밤"이 길다라고 표현할것이다
하지만 동주는
"밤은 많기도 하다"고 읊조리고 있다
무엇때문이였을가

동주는 연희전문 기숙사 생활 마감하고

하동 후배 정병욱과 함께

경성 종로구 누상동 9번지(소설가 김송 댁)로 숙소를 옮기면서,

오만가지 생각으로 불면의 "밤"을 태웠으리라…

"부끄러운" 일 했던 날 "밤"과

앞으로 할 일 생각하는 날 "밤"과

새벽을 등에 진 "밤은 많기도 하"고 무겁기만 하다…

―"하나, 둘, 셋, 넷…"

제4부

"우리들의 사랑은 한낱 벙어리였다" …
(62~81)

[62] ~윤동주 시 "남쪽하늘"~

제비는 두 나래를 가지었다
시산한 가을날-

어머니의 젖가슴이 그리운
서리 내리는 저녁-

어린 영(靈)은 쪽나래의 향수를 타고
남쪽하늘에 떠돌 뿐_

1935년 10월. 평양에서

~竹林 담시노트~

62

"제비는 두 나래를 가지였다.
시산한 가을날─

어머니의 젖가슴이 그리운
서리 나리는 저녁─

어린 령은 쪽나래의 향수를 타고

170

남쪽하늘에 떠돌뿐—"

~윤동주 시 "남쪽하늘"에서
1935.10. 평양에서

룡정 은진중학교에서
평양 숭실고등보통학교로 류학 가다…

"두 나래를 가"진 "제비"는
"남쪽하늘" 갈 차비를 하는 "가을날"이다
"쪽나래의 향수를 탄" "어린" 심 "령은"
"어머니의 젖가슴이 그리워"지는 "저녁"이다…

그리워
그립다 고향아,-
또
다시 한번
그립다 그리워 내 고향아,-…

"떠도"는 나그네- 동주
"향수" 병자- 동주

[63] ~윤동주 시 "고향집"~

헌 짚신짝 끄을고
나 여기 왜 왔노

두만강을 건너서
쓸쓸한 이 땅에

남쪽 하늘 저 밑에
따뜻한 내 고향
내 어머니 계신 곳
그리운 고향집

1936 년 1 월 6 일.

~竹林 담시노트~

63

"헌 짚신짝 끄을고
나 여기 왜 왔노
두만강을 건너서
쓸쓸한 이 땅에

남쪽하늘 저 밑에
따뜻한 내 고향
내 어머니 계신 곳
그리운 고향집."

~윤동주 시 "고향집" 에서

1936.1.6.

"두만강을 건너"

"헌 짚신짝 끄을고"

구지욕에 넘쳐 넘친 동주는

평안남도 평양 숭실고등보통학교로 가다…

동주는 고향이

북쪽하늘- 만주(해방전, 중국 동북지방) 룡정 명동이면서도

왜 두 번(1935 년 10 월, 쓴 시 "남쪽하늘"과

1936 년 1 월 6 일, 쓴 시 "고향집")이나

"남쪽하늘"을 고향이라 떠올렸을가…

꿈결에도 가보고싶은 "따스한 내 고향"

그 언제나 풋풋한 인정 넘치는 "내 어머니 계신 곳"

"남쪽하늘 저 밑" "새양스러운" "고향집" "그립"다
"그리워" …

후유,-

고향으로 가는 기차는 늘 맘보다 드디고 느리고 느리기만 하
다…

그 언제나 생활속에서 우러러 나오는 심경의 발로자- 동주

[64] ~윤동주 시 "리별"~

눈이 오다 물이 되던 날

잿빛 하늘에 또 뿌연내, 그리고
크다란 기관차는 빼-액- 울며,
쪼끄만 가슴은 울렁거린다.

리별이 너무 재빠르다, 안타깝게도,
사랑하는 사람을,
일터에서 만나자하고-
더운 손의 맛과 구슬눈물이 마르기전
기차는 꼬리를 산굽으로 돌렸다.

1936 년 3 월 20 일.

~竹林 담시노트~

64

"...

리별이 너무 재빠르다, 안타깝게도,
사랑하는 사람을
일터에서 만나자하고—
더운 손의 맛과 구슬눈물이 마르기전
기차는 꼬리를 산굽으로 돌렸다."

~윤동주 시 "리별"에서

1936.3.20.

"리별", "리별",
빈손으로 왔다가 빈손으로 가는 길에
"리별"이란 참말로 참말로 몇 번 있을가…

당신은 "리별"을 해봤는가…

또한 동주는 누구하고 "리별"했을가…

"눈이 오다 물이 되는 날",-
진눈깨비가 내리는 초봄,-
"사랑하는 사람"과 "안타깝게도"
"재빛하늘" 시"뿌연" 어느 한 기차역에서 "리별"하고
있다…
"커다란 기관차"의 기적소리도 듣기 싫다
"사랑하는 사람"을 타향으로 보내는 "가슴은 울렁거린
다"…
악수했던 따스한 "손" 아직 식지도 않았고
"리별"의 "눈물" "마르"지도 않았다
하지만, 하지만,-
"리별"의 "기차"는 역시 "사랑하는 사람"을 뒤로한채
"산굽" 너머 "꼬리를" 감춘지 이슥하다…
오늘도 "리별"의 기차는 기적소리를 갈퀴지게 울리며
마음속 "산굽"을 안고 굽이굽이 덜커덩덜커덩 돌고지고…

[65] ~윤동주 시 "달밤"~

흐르는 달의 흰 물결을 밀쳐
여윈 나무 그림자를 밟으며
북망산을 향한 발걸음은 무거웁고
고독을 반려한 마음은 슬프기도 하다.

누가 있어야만 싶은 묘지엔 아무도 없고,
정적만이 군데군데 흰 물결에 폭 젖었다.

1937년 4월 15일.

~竹林 담시노트~

65

"흐르는 달의 흰 물결을 밀쳐
여윈 나무그림자를 밟으며
북망산을 향한 발걸음은 무거웁고
고독을 반려한 마음은 슬프기도 하다.

누가 있어야만 싶던 묘지엔 아무도 없고,
정적만이 군데군데 흰 물결에 폭 젖었다."

176

~윤동주 시 "달밤"에서

1937.4.15.

그대들은

"흐르는 달의 흰 물결을 밀쳐

여윈 나무그림자를 밟으며

북망산을 향"해 "발걸음"을 옮겨본적 있는가…

그대들은 더군다나 자정 넘어 귀신이 씨나락 까먹는 오밤중,-

"정적만이 군데군데 흰 물결에 폭 젖어"있는,

"아무도 없"는, 귀신불 번쩍거리는 "북망산을" 찾아가본적 있는가…

오늘, 오늘따라

이 텁석부리는 이내 심장의 여백을 조심 조심스레 꺼내든다

늦가을, 가시덤불 헤치며 철책선 넘고 넘어

소설쟁이 **독고 혁**님과 칠흑의 자락을 베며 쪼각 내며

룡정 동산 "별의 시인" - 동주유택 찾아 갔다왔노라고…

하지만 하지만,-

"불멸의 청년- 동주"를 찾아가는 "발걸음은" 납덩이를

달고 있었고,

"고독을 반려한 마음은" 더더욱 "흰 물결에 폭 젖어" 있었으며,

오솔길 지나 골골 너머 찾아헤매도는 내내 "여윈" "그림
자를 밟"고 있었다…

"별의 시인"을 찾아가는 길은 처연히 험난했고 그렇게 쉽
게 길 내주질 않았다…

끝내

끝끝내…

스물아홉살의 사나이를 두줄기 침묵속에서

모시항라로 정히 정히 모시고

고고히 고고히 동산을,-

"새양한" 룡정 동산을 그물그물 내리고 내렸다…

아희야—

[66] ~윤동주 시 "그 녀자"~

함께 핀 꽃에 처음 익은 능금은
먼저 떨어졌습니다.

오늘도 가을바람은 그냥 붑니다.

길가에 떨어진 능금은
지나는 손님이 집어 갔습니다.

1937년 7월 26일.

~竹林 담시노트~

66

"함께 핀 꽃에 처음 익은 능금은
먼저 떨어졌습니다.

...

길가에 떨어진 붉은 능금은
지나던 손님이 집어갔습니다."
~윤동주 시 "그 녀자" 에서
1937.7.26.

"우리들의 사랑은 한낱 벙어리였다"
"단 한 녀자를 사랑한 일도 없다" …

"처음 익"고 "먼저 떨어진" "능금"과
"가을바람"에 "길가에 떨어진 붉은 능금"을
"지나던 손님이 집어"가도록
열린 한 맘으로 비우고 비운 사나이- 동주
수집음의 대명사, 바른 생활의 사나이- 동주
자아를 희생하고 이웃을 "사랑"한 사나이- 동주

[67] ~윤동주 시 "명상"~

가즐가즐한 머리칼은 오막살이 처마끝
휘파람에 코마루가 서운한양 간질키오.

들창 같은 눈은 가볍게 닫혀
이 밤에 연정은 어둠처럼 골골이 스며드오.

1937년 8월 20일.

~竹林 담시노트~

67

"...

들창 같은 눈은 가볍게 닫혀
이 밤에 련정이 어둠처럼 골골이 스며드오."
~윤동주 시 "명상"에서
1937.8.20.

"카톨릭소년" 잡지(연길 발행)에
동시 "병아리"(1936년 11월호)발표,
"비자루"(1936년 12월호)를 발표,
"세계문학전집"과 우리 민족 작가들의 소설과 시 등을 탐
독,

"정지용시집" 정독, 리상 작품을 스크래프 함,
동시 "오줌싸개지도"(1937년 1월호)를 발표,
"무얼 먹구 사나"(1937년 3월호)를 발표,
"거짓부리"(1937년 10월호)를 발표,
100부 한정판인 백석시집 "사슴"을 완전히 필사함,
"영랑시집"도 정독…

정지용시인님과 백석시인님과
영랑시인님과 강소천동시인님을
"밤"을 패가며 "골골이" "련정"한 사나이- 동주
의학을 택하라는 부친님의 강권을 뿌리치고
문학을 그렇게도 한없이 무한히 "련정"한 사나이- 동주

[68] ~윤동주 시 "유언"~

휙—ㄴ한 방에 유언은 소리 없는 입놀림.

—바다에 진주 캐러 갔다는 아들
해녀와 사랑을 속삭인다는 맏아들
이 밤에사 돌아오나 내다봐라—

평생 외로운 아버지의 운명,
감기우는 눈에 슬픔이 어린다.

외딴집에 개가 짖고
휘양찬 달이 문살에 흐르는 밤.

            1937 년 10 월 24 일.

~竹林 담시노트~

68

"훠—ㄴ한 방에 유언은 소리 없는 입놀림.

—바다에 진주 캐러 갔다는 아들
해녀와 사랑을 속삭인다는 맏아들
이 밤에사 돌아오나 내다봐라—

평생 외로운 아버지의 운명,
감기우는 눈에 슬픔이 어린다.

..."
~윤동주 시 "유언"에서
        1937.10.24.

   "휘양찬 달이" "흐르는" "훠—ㄴ한 방"의 문살"은
    "평생 외로"웠던 "아버지의" "감기우는 눈"에 꽂힌지
오래고

"바다에 진주 캐러 갔다는 아들",
"해녀와 사랑을 속삭인다는 맏아들"이
이제나저제나 "돌아오"기만 학수고대하는
"아버지"의 외롭고 쓸쓸한 "눈"에 문설주가 곧게 섰다

"외딴집에 개가 짖고,
휘양찬 달이 문살에 흐르는 밤", -
한적한 시골의 "휘—ㄴ한 방에"서
켜켜이 쌓였던 룡정 명동 시골 이야기와
억천만겁의 령혼이 담담히 "운명"하고 있고지고…
륙도하기슭 룡정 명동툰 고목 비술나무는
"아버지"의 뒷모습을 나이테에 품은지 이슥하고지고…

[69] ~윤동주 시 "야행"~

정각! 마음이 아픈데 있어 고약을 붙이고
시들은 다리를 꼬을고 떠나는 행장
—기적이 들리잖게 운다.
사랑스런 녀인이 타박타박 땅을 굴려 쫓기에
하도 무서워 상가교를 기여넘다.
—이제로부터 등산철도
이윽고 사색의 포플러턴넬로 들어간다.
시라는것을 반추하다. 마땅히 반추하여야 한다.
—저녁연기가 노을로 된 이후

휘파람 부는 햇귀뚜라미의

노래는 마디마디 끊어져

그믐달처럼 호젓하게 슬프다.

너는 노래 배울 어머니도 아버지도 없나보다.

—너는 다리 가는 쬐꼬만 보헤미안.

내사 보리밭 동리에 어머니도 누나도 있다.

그네는 노래 부를줄 몰라

오늘밤도 그윽한 한숨으로 보내리니—

1937 년 10 월 24 일.

~竹林 담시노트~

69

"…이윽고 사색의 포플러턴넬로 들어간다.

시라는것을 반추하다. 마땅히 반추하여야 한다.

—저녁연기가 노을로 된 이후

휘파람 부는 햇귀뚜라미의

노래는 마디마디 끊어져

그믐달처럼 호젓하게 슬프다.

너는 노래 배울 어머니도 아버지도 없나보다.

—너는 다리 가는 쬐꼬만 보헤미안.

내사 보리밭 동리에 어머니도 누나도 있다.

그네는 노래 부를줄 몰라

오늘밤도 그윽한 한숨으로 보내리니─"

~윤동주 시 "야행"에서

1937.10.24.

"마음이 아파" 오늘도 "고약을 붙"힌다

찌르륵 찌르륵 "햇귀뚜라미의 노래"를 들어도 "호젓하
다"

"너는 노래 배울 어머니도 아버지도 없"는 방랑자

나도 역시 "시들은 다리를 끄을고 떠나는" 방랑자 방랑
자…

하여,─

"저녁연기가 노을로" 꽃피는 "보리밭 동리"를 찾는다…

하지만,

하지만,─

"사랑스런" "어머니도 누나도"

암울한 "포플러턴넬" 속에서 맘껏 "노래 부를줄 모르
(???)"고

"그윽한 한숨" 소리 거칠게 톻고 톻아 "슬프"고 안쓰럽기
만 하다…

시대적 짐을 짊어지지 못해 고통스러워 했던 사나이─ 동주

자아의 성찰과 고뇌로 "반추하"고 또 "반추했"던 사나이
─ 동주

[70] ~윤동주 시 "어머니"~

어머니!
젖을 빨려 이 마음을 달래어 주시오.
이 밤이 자꾸 설워지나이다.

이 아이는 턱에 수염자리 잡히도록
무엇을 먹고 자랐나이까?
오늘도 흰 주먹이
입에 그대로 물려있나이다.

어머니
부서진 납인형도 싫어진지
벌써 오랩니다.

철비가 후줄근히 내리는 이 밤을
주먹이나 빨면서 새우리까?
어머니! 그 어진 손으로
이 울음을 달래여주시오.

1938.5.28.

~竹林 담시노트~

70

"어머니!
젖을 빨려 이 마음을 달래여주시오.
이 밤이 자꾸 서러워지나이다.

이 아이는 턱에 수염자리 잡히도록
무엇을 먹고 자랐나이까?
오늘도 흰 주먹이
입에 그대로 물려있나이다.

어머니
부서진 납인형도 슬혀진지
벌써 오랩니다.

철비가 후누주군이 나리는 이 밤을
주먹이나 빨면서 새우리까?
어머니! 그 어진 손으로
이 울음을 달래여주시오."

~윤동주 시 "어머니"에서
1938.5.28.

1938 년도,
동주는 "턱에 수염자리 잡힌" 22 세 어엿한 청년,
"부서진 납인형도 슬혀진지(싫어진지)" "오래"된
자랑스러운 룡정 광명중학교 5 학년 졸업생,
경성 연세전문학교(지금 연세대학교)

문과반에 입학한 류학생(38 학번),

동주는 타향에서

사랑스러운 고향과 성스러운 "어머니"가 얼마나 그리워 했을
가···

오늘, 오늘따라,-

"철비가 후누주군이(후줄근히) 나리는 이 밤"에

어엿하고 풋풋한 "어머니" "젖" 무덤이

마냥 그립고 그리워짐은 또,ㅡ

선량하고 풋풋한 "어머니" "손" 부리가

철철 사시 그립고 그리워짐은 또,ㅡ···

이 텁썩부리도

오늘,

소꿉시절처럼 나지막히 불러봅니다···

"어-머-니!" ···

[71] ~윤동주 시 "비 오는 밤"~

솨- 철썩! 파도 소리 문살에 부서져
잠 살포시 꿈이 흩어진다.

잠은 한낱 검은 고래떼처럼 살래어,
달랠 아무런 재주도 없다.

불을 밝혀 잠옷을 정성스레 여미는
삼경.
넘원.

동경의 땅 강남에 또 홍수질것만 싶어,
바다의 향수보다 더 호젓해진다.

1938년 6월 11일.

~竹林 담시노트~

71

"솨— 철썩! 파도소리 문살에 부서져
잠 살포시 꿈이 흩어진다.

…

불을 밝혀 잠옷을 정성스레 여미는
삼경(三更).
넘원.

…"

~윤동주 시 "비 오는 밤"에서
1938.6.11.

"문살"이 "부서지"게 "비 오는 밤"은
"불 밝혀"도 외롭고 고독하고 쓸쓸하기만 하다
그것도 달콤한 "꿈이 흩어진" "삼경(새벽)"에,-
이 시각,-
동주는 "정성스레"
그 무엇을,-
그 무엇을 "념원"했을가…

살기좋고 "새양한" 고향 룡정 명동에 "홍수"가 터지질말
기를,―
한 맺힌 이 "땅"에 어둠이 거치고 늘 평화가 깃들기만을,
―

그 언제나 풋풋한 맘속에 "설레"이는 "꿈"과
"검은 고래떼"를 늘 품고 있었던 사나이- 동주

[72] ~윤동주 시 "이적"~

발에 터분한 것을 다 빼여 바리고
황혼이 호수위로 걸어오듯이
나도 사뿐사뿐 걸어 보리 잇가?

내사 이 호수가로
부르는 이 없이
불리워 온것은
참말 이적이 외다.

오늘따라
련정, 자홀, 시기 이것들이
자꾸 금메달처럼 만져지는구려.

하나, 내 모든것을 여념없이,
물결에 써서 보내려니
당신은 호면으로 나를 불러내소서.

1938년 6월 19일.

~竹林 담시노트~

72

"발에 터분한것을 다 **빼여버리고**
황혼이 호수우로 걸어오듯이
나도 사뿐사뿐 걸어보리이까?

...

오늘따라

련정, 자홀(自惚), 시기 이것들이

자꾸 금메달처럼 만져지는구려.

하나, 내 모든것을 여념없이,

물결에 써서 보내려니

당신은 호면으로 나를 불러내소서."

~윤동주 시 "이적"에서

1938.6.19.

"터분한것을 다 빼여버리"자

"련정"도 싫다

"자홀(자아도취)"도 가라

"시기(질투)"도 더더욱 눈꼴 시리다

이 "모든것",―

"물결에 써서" 훨훨 띄워 "보내"자

그리고 "별을 노래하는 마음으로"

"모든 죽어가는것을 사랑하"며

"주어진 길을" "사뿐사뿐 걸어가"자…

"이적(異蹟)의 욕구와 탐욕의 무거운 짐을 벗어던지고

새 출발의 찬란한 꿈을 꾼 사나이- 동주

[73] ~윤동주 시 "사랑의 전당"~

순아 너는 내 전에 언제 들어왔든 것이냐?"
내사 언제 네 전에 들어갔든 것이냐?

우리들의 전당은
고풍 한 풍습이 어린 사랑의 전당

순아 암사슴처럼 수정눈을 나려감어라.
난 사자처럼 엉크린 머리를 고루련다.

우리들의 사랑은 한낱 벙어리였다.

청춘!
성스런 초대에 열한 불이 꺼지기 전
순아 너는 앞문으로 내달려라.

어둠과 바람이 우리 창에 부닥치기 전
나는 영원한 사랑를 안은 채
뒷문으로 멀리 사라지련다.

이제
네게는 삼림 속의 아늑한 호수가 있고,
내게는 험준한 산맥이 있다.

　　　1938년 6월 19일.

~竹林 담시노트~

73

"순아 너는 내 전에 언제 들어왔던것이냐?
내사 언제 네 전에 들어갔던것이냐?

우리들의 전당은
고풍한 풍습이 어린 사랑의 전당

순아 암사슴처럼 수정눈을 나려 감아라
난 사자처럼 엉클린 머리를 고루런다.

우리들의 사랑은 한낱 벙어리였다.

청춘!
성스런 초대에 열한 불이 꺼지기전
순아 너는 앞문으로 내달려라.

어둠과 바람이 우리 창에 부닥치기전
나는 영원한 사랑을 안은채
뒤문으로 멀리 사라지런다.
이제
네게는 삼림속의 아늑한 호수가 있고
내게는 준험한 산맥이 있다."

~윤동주 시 "사랑의 전당"에서
1938.6.19.

194

윤동주 시에서 처음으로 등장하는 "순(順)",-
연희전문학교 시절 경성 북아현동 아버지의 친구인,
존경했던 어느 지사분의 따님(절친한 후배친구 정병욱 회고-
지사분의 따님은 리화녀자전문학교 문과 졸업반)일가…
미남자 동주의 "사랑은 한낱 벙어리였"을가…
…

사랑하는 "순"아, "암사슴처럼 수정눈을 나려 감"고
"아늑한 호수가 있"는 "앞문으로 내달려"다오 …
"나"는야, "사자처럼 엉클린 머리를 고루"고
그리움과 상흔이 질박한 "사랑을 안은채"
"뒤문으로 멀리 사라져" 저기 저 "준험한 산맥"을 넘으
런다…

이루어지지 않는 사랑의 노래,
애닲음이 절실한 고전적 "사랑시",
자아 희생과 고난을 감수하려 했던 인본주의적 사나이- 동주

[74] ~윤동주 시 "코스모스"~

청초한 코스모스는
오직 하나인 나의 아가씨

달빛이 싸늘한 밤이면
옛 소녀가 못 견디게 그리워

코스모스 핀 정원으로 찾아간다.

코스모스는
귀뚜라미 울음에도 수줍어지고

코스모스앞에 선 나는
어렸을적처럼 부끄러워지나니

내 마음은 코스모스의 마음이요
코스모스의 마음은 내 마음이다.

1938년 9월 20일..

~竹林 담시노트~

74

"청초한 코스모스는
오직 하나인 나의 아가씨

달빛이 싸늘한 밤이면
옛 소녀가 못 견디게 그리워
코스모스 핀 정원으로 찾아간다.

코스모스는

귀뚜라미 울음에도 수줍어지고

코스모스앞에 선 나는

어렸을적처럼 부끄러워지나니

내 마음은 코스모스의 마음이요

코스모스의 마음은 내 마음이다."

~윤동주 시 "코스모스"에서

1938.9.20.

"코스모스"의 꽃말 = 소녀의 순결, 애정, 순정.

"코스모스"의 이미지 = 질서, 조화, 우주.

"코스모스"의 한글 이름 = 살살이꽃.

"코스모스"의 설화 = 신이 제일 처음으로 만든 꽃.

이 세상에 "오직 하나"뿐인

"나의 아가씨" - "코스모스"야, ―

깨끗하고 순수한 "련정"과

"부끄러워" 고백하지 못하는 이 내 "마음"을 아느냐…

마냥 짝사랑에만 빠진듯한 스물아홉살 생애의 동주

[75] ~윤동주 시 "달같이"~

년륜이 자라듯이
달이 자라는 고요한 밤에
달같이 외로운 사랑이
가슴 하나 뻐근히
년륜처럼 피어나간다.

1939 년 9 월.

~竹林 담시노트~

75

"년륜이 자라듯이
달이 자라는 고요한 밤에
달같이 외로운 사랑이
가슴 하나 뻐근히
년륜처럼 피여나간다."
~윤동주 시 "달같이" 에서
1939.9.

"년륜" 과 "달",
"달" 과 "년륜",
서로서로 짝 이루는 속에
"외로운 사랑" 이 움트고 "피여나가" 고 있을 때
이루려는 꿈이 황홀하게 춤추는 곳에서

"가슴 하나 뻐근하"게 소리치고싶다···

그리고,-
그 작은 령혼들이 모여
"고요한 밤"을 밝히는 초불이 되고
"년륜처럼 피여나가"는 가장자리에서
"하나"의 찬란한 "별"이 되고싶어짐은 또,—

"년륜"과 "달"의 동심원을 통해
남성미적 "외로운 사랑"을 그려낸 사나이- 동주
짧은 시에서 시의 반복, 변형기법을 연출한 사나이- 동주

[76] ~윤동주 시 "산골물"~

괴로운 사람아 괴로운 사람아
옷자락 물결속에서도
가슴속 깊이 돌돌 샘물이 흘러
이 밤을 더불어 말할 이 없도다.
거리의 소음과 노래 부를수 없도다.
그신듯이 내가에 앉았으니
사랑과 일을 거리에 맡기고
가만히 가만히
바다로 가자.
바다로 가자."

1939 년 9 월(추정).

~竹林 담시노트~

76

"괴로운 사람아 괴로운 사람아
옷자락 물결속에서도
가슴속 깊이 돌돌 샘물이 흘러
이 밤을 더불어 말할 이 없도다.
거리의 소음과 노래 부를수 없도다.
그신듯이 내가에 앉았으니
사랑과 일을 거리에 맡기고
가만히 가만히
바다로 가자.
바다로 가자."

~윤동주 시 "산골물"에서
1939.9(추정).

마음껏 "말할 이 없"었던 시대…
마음껏 "노래 부를수 없"었던 동토대…

깨끗하고 말쑥한 "산골물" 같은 동주는
모든 것 "맡기고"

또 모든 것 버리고
"가만히 가만히"
"바다로 가자"고 부르짖는다…

자유의 세계를 지향했던 사나이- 동주
폐쇄된 공간과 상념의 한복판에서
미래 지향 목표를 향해 굳게 다짐했던 사나이- 동주

1943년 초여름, 일본 교또시 우지강가에서
친구들과의 송별식 날,-
동주는 친구들과 함께 기념사진 찍고
"아리랑"을 약간 히스키하게 불렀었다…
그런데 그 기념사진속 모습이 마지막 모습이 될줄이야…
그때의 애수의 목소리가 영영 마지막 목소리가 될줄이야…
후유,ㅡ…

일본 교또시 우지강 아마가세 구름다리 여울목에
  "시인 윤동주 기억과 화해의 碑(윤동주 탄생 100 돓 기념,
2017년)"가 세워져 있다.

오늘도,-
우지강가 느티나무는
동주의 멋쟁이 모습과
동주가 불렀던 "아리랑"을 나이테에 품고지고…

[77] ~윤동주 시 "소년"~

여기저기서 단풍잎 같은 슬픈 가을이 뚝뚝 떨어진다. 단풍잎 떨어져 나온 자리마다 봄을

마련해놓고 나무가지우에 하늘이 펼쳐있다. 가만히 하늘을 들여다보려면 눈섭에 파란 물감

이 든다. 두손으로 따뜻한 볼을 쓸어보면 손바닥에도 파란 물감이 묻어난다. 다시 손바닥을

들여다본다. 손금에는 맑은 강물이 흐르고, 맑은 강물이 흐르고, 강물속에는 사랑처럼 슬픈

얼굴—아름다운 순이의 얼굴이 어린다. 소년은 황홀히 눈을 감아본다. 그래도 맑은 강물은

흘러 사랑처럼 슬픈 얼굴—아름다운 순이의 얼굴은 어린다.

1939.

~竹林 담시노트~

77

"여기저기서 단풍잎 같은 슬픈 가을이 뚝뚝 떨어진다. 단풍잎 떨어져 나온 자리마다 봄을

마련해놓고 나무가지우에 하늘이 펼쳐있다. 가만히 하늘을 들여다보려면 눈섭에 파란 물감

202

이 든다. 두손으로 따뜻한 볼을 쓸어보면 손바닥에도 파란 물감이 묻어난다. 다시 손바닥을

들여다본다. 손금에는 맑은 강물이 흐르고, 맑은 강물이 흐르고, 강물속에는 사랑처럼 슬픈

얼굴―아름다운 순이의 얼굴이 어린다. 소년은 황홀히 눈을 감아본다. 그래도 맑은 강물은

흘러 사랑처럼 슬픈 얼굴―아름다운 순이의 얼굴은 어린다."

~윤동주 시 "소년"에서
1939.

동주의 시 "눈 오는 지도(1941년)"에서는
"순이(順伊)"를 "잃어버린 력사"라 지칭하고 있다
그렇다면,-
동주의 시 "소년(1939년)"에서도
동주의 시 "사랑의 전당(1938년)"에서도
"순이"를 "잃어버린 력사"로 미리 "둔갑"했을가…

동주의 "소년"아,― 답해다오…
동주의 "전당"아,― 답해다오…
동주의 "력사"야,― 답해다오…

한폭의 수채화같은 수작시를 쓴 시인- 동주
새로운 자아를 찾고저 했었던 사나이- 동주
항용 맘속에 맑디맑은 "소년"을 품고 살았던 사나이- 동주

[78] ~윤동주 시 "병원"~

살구나무 그늘로 얼굴을 가리고, 병원 뒤뜰에 누워, 젊은 녀자가 흰옷 아래로 하얀 다리를 드러내 놓고 일광욕을 한다. 한나절이 기울도록 가슴을 앓는다는 이 녀자를 찾아오는 이, 나비 한마리도 없다. 슬프지도 않은 살구나무가지에는 바람조차 없다.

나도 모를 아픔을 오래 참다 처음으로 이 곳을 찾아 왔다. 그러나 나의 늙은 의사는 젊은이의 병을 모른다. 나한테는 병이 없다고 한다. 이 지나친 시련, 이 지나친 피로, 나는 성내서는 안된다.

녀자는 자리에서 일어나 옷깃을 여미고 화단에서 금잔화 한 포기를 따 가슴에 꽂고 병실안으로 사라진다. 나는 그 녀자의 건강이— 아니 나의 건강도 속히 회복되기를 바라며 그가 누웠던 자리에 누워 본다.

　　　　1940.12.

~竹林 담시노트~

78

"살구나무 그늘로 얼굴을 가리고, 병원 뒤뜰에 누워, 젊은
녀자가 흰옷 아래로 하얀 다리를 드러내 놓고 일광욕을 한다.
한나절이 기울도록 가슴을 앓는다는 이 녀자를 찾아오는 이,
나비 한마리도 없다. 슬프지도 않은 살구나무가지에는 바람조
차 없다.

나도 모를 아픔을 오래 참다 처음으로 이 곳을 찾아 왔다.
그러나 나의 늙은 의사는 젊은이의 병을 모른다. 나한테는 병
이 없다고 한다. 이 지나친 시련, 이 지나친 피로, 나는 성내
서는 안된다.

녀자는 자리에서 일어나 옷깃을 여미고 화단에서 금잔화 한
포기를 따 가슴에 꽂고 병실안으로 사라진다. 나는 그 녀자의
건강이— 아니 나의 건강도 속히 회복되기를 바라며 그가 누웠
던 자리에 누워 본다."

~윤동주 시 "병원"에서

1940.12.

"젊은 녀자"도 "앓는다"
"찾아오는 이"도 "없다"
황홀한 "나비 한 마리도 없다"
"살구나무가지"를 흔드는 "바람조차 없다"…

"젊은이"도 "앓는다"
온 세상이 모두 "앓"고 있는 마음의 "병"을,
하지만 "늙은 의사는" "병을 모른다"

더구나 "젊은이" "한테는 병이 없다고 한다" …

앗, ─

성스러운 "금잔화 한포기"를 들고
우애, 사랑, 광복, 평화를 위해 빌고 빌었던 사나이─ 동주
극한 세계에서도 원 시집 제목을
"병원('하늘과 바람과 별과 시' 유작시집)"으로 달았던
시인─ 동주

[79] ~윤동주 시 "눈 오는 지도"~

순이가 떠난다는 아침에 말 못할 마음으로 함박눈이 내려,
슬픈것처럼 창밖에 아득히 깔린 지도위에 덮인다.

방안을 돌아다보아야 아무도 없다. 벽과 천정이 하얗다. 방
안에까지 눈이 나리는 것일가, 정말 너는 잃어버린 역사처럼
홀홀이 가는 것이냐. 떠나기전에 일러둘 말이 있던것을 편지로
써서도 네가 가는 곳을 몰라 어느 거리, 어느 마을, 어느 지붕
밑. 너는 내 마음속에만 남아 있는 것이냐, 네 쪼그만 발자국
을 눈이 자꾸 내려 덮어 따라갈 수도 없다. 눈이 녹으면 남은
발자국자리마다 꽃이 피리니 꽃사이로 발자국을 찾아나서면 일
년 열두달 하냥 내 마음에는 눈이 나리리라.

1941 년 3 월 12 일.

~竹林 담시노트~

79

"순이가 떠난다는 아침에 말 못할 마음으로 함박눈이 내려, 슬픈것처럼 창밖에 아득히 깔린 지도위에 덮인다.

방안을 돌아다보아야 아무도 없다. 벽과 천정이 하얗다. 방안에까지 눈이 나리는 것일가, 정말 너는 잃어버린 역사처럼 홀홀이 가는 것이냐. 떠나기전에 일러둘 말이 있던것을 편지로 써서도 네가 가는 곳을 몰라 어느 거리, 어느 마을, 어느 지붕밑. 너는 내 마음속에만 남아 있는 것이냐, 네 쪼그만 발자국을 눈이 자꾸 내려 덮어 따라갈 수도 없다. 눈이 녹으면 남은 발자국자리마다 꽃이 피리니 꽃사이로 발자국을 찾아나서면 일년 열두달 하냥 내 마음에는 눈이 나리리라."

~윤동주 시 "눈 오는 지도"에서
1941.3.12.

"순이(順伊)가 떠나"는 날 "함박눈이 내린"다
"순이가 떠난" "방안에"도 "눈이 내린"다
"순이"는 "잃어버린 력사"와 함께 "홀홀이" "떠나간"다
"슬픔"이 그들먹한 "창밖에"도 "눈이 내리"고
"내 마음속에"도 "함박눈이" 처절히 펑펑 "내린"다
남산아,- 네가 말해다오…

207

한강아,- 너도 알려다오…

"순이가" "홀홀히" "떠나간"

"거리"와 "마을"과 "지붕밑"을,—

화창한 봄이 오면

"순이가" "떠나간" "발자국자리마다"에

"순이"를 꼬옥 닮은 화사한 "꽃이 필"것이다

그때면 "내 마음속에" 곱다래지게 찍힌 "발자국" "지

도"를 펼쳐들고

"일년 열두달 하냥" "잃어버린" "순이"를 찾아 떠돌고

지고…

"눈이 내린"다

"눈이 내린"다

"함박눈이 내린"다

"창밖에"도,-

그리고

그리고

동주의 그 여린 "마음속에"도,-…

[80] ~윤동주 시 "바람이 불어"~

바람이 어디로부터 불어와

어디로 불어 가는것일가

바람이 부는데
내 괴로움에는 리유가 없다

내 괴로움에는 리유가 없을가

단 한 녀자를 사랑한 일도 없다.
시대를 슬퍼한 일도 없다.

바람이 자꾸 부는데
내 발이 반석우에 섰다.

강물이 자꾸 흐르는데
내 발이 언덕우에 섰다
     1941 년 6 월 2 일.

~竹林 담시노트~

80

"...
바람이 부는데
내 괴로움에는 리유가 없다

내 괴로움에는 리유가 없을가

단 한 녀자를 사랑한 일도 없다.
시대를 슬퍼한 일도 없다.

바람이 자꾸 부는데
내 발이 반석우에 섰다.

강물이 자꾸 흐르는데
내 발이 언덕우에 섰다"
　~윤동주 시 "바람이 불어" 에서
　　　　　1941.6.2.

　가수알바람, 갈마바람, 강쇠바람, 갯바람, 높새바람, 마파
람,
　마칼바람, 박초바람, 북새바람, 샛바람, 용숫바람, 피죽바
람, 하늬바람…
　"바람이 분" 다… "바람이 자꾸 분" 다…

　동주는 "괴로움에는 리유가 없다"고 했다
　동주는 "단 한 녀자를 사랑한 일도 없다"고 했다
　동주는 "시대를 슬퍼한 일도 없다"고 했다…
　하지만, 하지만,-
　동주는 부정적 현실속에서도 "반석우에" 굳게 "서"서 늘
"괴로워" 했다

동주는 "잃어버린 력사(순이)" 되찾기 위해 늘 "모든"것
을 "사랑"했다

동주는 암울한 "시대" 속에서도 "언덕우에" 높이 "서"
서 늘 "슬퍼하"기도 했다

"잎새에 이는 '바람'에도" 늘 "괴로와했"던 사나이-
동주

이 "바람" 저 "바람" 속에서도 "한점 부끄럼이 없"었던
사나이- 동주

"고백체의 시"로 내적 갈등을 반어적으로 역설했던 사나이
- 동주

동주의 영원한 "바람"- 동주

[81] ~윤동주 시 "사랑스런 추억"~

봄이 오든 아침, 서울 어느 쪼그만 정거장에서
희망과 사랑처럼 기차를 기다려

나는 플랫폼에 간신한 그림자를 떨어뜨리고,
담배를 피웠다.

내 그림자는 담배연기 그림자를 날리고
비둘기 한 떼가 부끄러울 것도 없이
나래 속을 속, 속, 햇빛에 비춰 날았다.

기차는 아무 새로운 소식도 없이

나를 멀리 실어다 주어

봄은 다 가고- 동경 교외 어느 조용한 하숙방에서,
옛 거리에 남은 나를 희망과 사랑처럼
그리워한다.
오늘도 기차는 몇 번이나 무의미하게 지나가고,

오늘도 나는 누구를 기다려 정거장 가차운
언덕에서 서성거릴 게다.

--아아 젊음은 오래 거기 남아 있거라.
　　　　　1942년 5월 13일.

~竹林 담시노트~

81

"봄이 오던 아침, 서울 어느 쪼그만 정거장에서
희망과 사랑처럼 기차를 기다려
　...
봄은 다 가고- 동경 교외 어느 조용한 하숙방에서,
옛 거리에 남은 나를 희망과 사랑처럼
그리워한다.

오늘도 기차는 몇번이나 무의미하게 지나가고

오늘도 나는 누구를 기다려 정거장 가까운
언덕에서 서성거릴게다.

－아아 젊음은 오래 거기 남아있거라."
~윤동주 시 "사랑스런 추억" 에서
1942.5.13.

동주는 현애탄을 넘어 넘어 건너 건너
1942년 4월 2일, 일본 도꾜 립교대학 문학부 영문과에 입학
한다
그리고 재다시 10월 1일, 일본 교또 동지사대학 영문과로
옮긴다
"봄"이 "다 가"는 "동경 교외 어느" "륙첩방"
("하숙방" 주소; 京都市 左京區 田中高原町 27 番址에서
"사랑"과 리상이 넘쳐 흐르고 흘렀던 명동, 룡정과
"희망"이 부풀어 오르고 올랐던 평양, 서울을 "그리워
하"며
하늘과 땅 사이에서 자아성찰을 하고 또 하고 있다…

"―아아" 동주의 불멸의 "젊음은",
오늘도 "희망"의 찬란한 "언덕에"서
영원히 영원히 "남아" 빛나고지고…

제 5 부

"봄이 혈관속에 시내처럼 흘러" …

(82~100)

[82] ~윤동주 시 "조개껍질"~

아롱아롱 조개껍데기
울 언니 바다가에서
주어온 조개껍데기

여긴여긴 북쪽나라요
조개는 귀여운 선물
장난감 조개껍데기

데굴데굴 굴리며 놀다
짝 잃은 조개껍데기
한짝을 그리워하네

아롱아롱 조개껍데기
나처럼 그리워하네
물소리 바다물소리

1935년 12월.

~竹林 담시노트~

82

"아롱아롱 조개껍데기
울 언니 바다가에서
주어온 조개껍데기

여긴여긴 북쪽나라요
조개는 귀여운 선물
장난감 조개껍데기

데굴데굴 굴리며 놀다
짝 잃은 조개껍데기
한짝을 그리워하네

아롱아롱 조개껍데기
나처럼 그리워하네
물소리 바다물소리"
~윤동주 시 "조개껍질"에서
1935.12.

"아롱아롱"
"여긴여긴"
"데굴데굴"
순 아름다운 우리 말과 글을 고집스럽게 곱다시 다듬어 쓰다

고향 룡정 명동을 떠나온 동주도
향수병에 "아롱아롱" "데굴데굴" 걸리여

"바다가"를 떠나온 "조개껍데기"처럼

"물소리 바다물소리" "그리워하"듯

"아롱아롱" "데굴데굴" "짝을" 찾아

소소명명히 "그리워하"며 "그리워하"고지고…

동시 "조개껍질"를 참 재미있게 쓴 동시인 - 동주

윤동주가 워낙 소장했던 도서 약 800 여권(그때 그시절에는 장서 많은 것),

지금 유일하게 남아 서울 윤동주기념관에서 보관되고 있는 도서 42 권.

동주는 장서가, 독서광- 동주

[83] ~윤동주 시 "비둘기"~

안아보고싶게 귀여운

산비둘기 일곱마리

하늘끝까지 보일듯이 맑은 주일날 아침에

벼를 거두어 빤빤한 논에서

앞을 다투어 요를 주으며

어려운 이야기를 주고 받으오.

날씬한 두 나래로 조용한 공기를 흔들어

두마리가 나오.

집에 새끼 생각이 나는 모양이요.

1936 년 2 월 10 일.

~竹林 담시노트~

83

"안아보고싶게 귀여운

산비둘기 일곱마리

하늘끝까지 보일듯이 맑은 주일날 아침에

벼를 거두어 빤빤한 논에서

앞을 다투어 요(모이)를 주으며

어려운 이야기를 주고 받으오.

날씬한 두 나래로 조용한 공기를 흔들어

두마리가 나오.

집에 새끼 생각이 나는 모양이요."

~윤동주 시 "비둘기"에서

1936.2.10.

"비둘기" 야, - 집으로 가자… 고향 살자…

"비둘기" 야, - 고향 살자… 집으로 가자…

"어려움" 속에서도 오손도손 "이야기를 주고 받"는
"산비둘기 일곱마리"가 "귀엽"고 참 "귀여웁"다
"집에" 두고 온 "새끼생각" 땜에
"요를" 물고 "조용"히 "집"으로 향하는
아빠 "비둘기", 엄마 "비둘기"가 더더욱 참 "귀여웁"다

왜 더도 말고 덜도 말고
"산비둘기"가 "입곱마리" 일가…
또한 먼저 집으로 향하는 "산비둘기"도
왜 덜도 말고 더도 말고
딱 "두마리(아빠 "비둘기"?, 엄마 "비둘기"?)" 일가…

푸르디 푸른 정맥이 환히 들여다보일듯
순수투명한 서정을 토로하였던 사나이- 동주

[84] ~윤동주 시 "곡간"~

산들이 두 줄로 줄달음질치고
여울이 소리쳐 목이 잦았다.
한 여름의 햇님이 구름을 타고
이 골짜기를 빠르게도 건너려 한다.

산등아래에 송아지 뿔처럼
울뚝불뚝히 어린 바위가 솟고,
얼룩소의 보드라운 털이

220

산등서리에 퍼-렇게 자랐다.

삼 년 만에 고향에 찾아드는
산골 나그네의 발걸음이
타박타박 땅을 고눈다.
벌거숭이 두루미 다리같이…

헌신짝이 지팡이 끝에
모가지를 매달아 늘어지고,
까치가 새끼의 날밭을 태우며 날 뿐,
골짝은 나그네의 마음처럼 고요하다.

1936 년 여름.

~竹林 담시노트~

84

"산들이 두줄로 줄달음질치고
여울이 소리쳐 목이 잦었다.
한여름의 해님이 구름을 타고
이 골짜기를 빠르게도 건너련다.
…

삼년만에 고향 찾아드는

산골 나그네의 발걸음이
타박타박 땅을 고눈다.
벌거숭이 두루미 다리같이…

헌신짝이 지팡이 끝에
모가지를 매달아 늘어지고
까치가 새끼의 날발을 태우려날뿐
골짝은 나그네의 마음처럼 고요하다."
~윤동주 시 "곡간"에서
1936.여름

동주는 익환이와 같이
"신사참배거부사건"으로
평양 숭실중학교에서 자퇴하고
"새양한" 룡정 고향길에 오른다…

"삼년만에 고향"을 찾는 길이라
"발걸음" "타박타박" 즐겁기만 하다
뭇 "산들이" 동주와 익환이를 맞이하며
"울뚝불뚝히" "두줄로 줄달음질치고"
"곡간(산골의 시내물을 이르는 말.)"은 "고향" 친구들을
얼쑤 마중하고 절쑤 반기며
코노래 흥얼흥얼
어깨춤 덩실덩실
더불어 더불어

222

하냥 즐거워 굽이굽이 "소리쳐" "목" 다 쉬었다…

일송정아,-
"어린 바위"를 "퍼-렇게" 지나 동주가 왔다
륙도하야,-
"날발" "태우"며 "구름을 타고" 씨잉 익환이도 왔다
용두레야,-
"헌신짝" 벗고 새하얀 "두루미"처럼 해맑게 고향 왔다…
오호라—
보고싶었다,-
나의 정든 고향 룡정아,-

[85] ~윤동주 시 "해비"~

아씨처럼 나린다
보슬보슬 해비
맞아주자, 다같이
옥수수대처럼 크게
닷자 엿자 자라게
해님이 웃는다,
나 보고 웃는다.

하늘다리 놓였다
알롱달롱 무지개

노래하자, 즐겁게
동무들아 이리 오나
다같이 춤을 추자
해님이 웃는다,
즐거워 웃는다."

1936 년 9 월 9 일.

~竹林 담시노트~

85

"아씨처럼 나린다
보슬보슬 해비
맞아주자, 다같이
옥수수대처럼 크게
닷자 엿자 자라게
해님이 웃는다,
나 보고 웃는다.

하늘다리 놓였다
알롱달롱 무지개
노래하자, 즐겁게
동무들아 이리 오나

다같이 춤을 추자
해님이 웃는다,
즐거워 웃는다."
~윤동주 시 "해비"에서
                    1936.9.9.

"보슬보슬 해비 맞아주자"
난쟁이 키 세벌장대로 커서 "별" 따오자
"알롱달롱 무지개" 한졸가리 베여다
우리 아기 때때옷 꼬까옷 곱게곱게 만들어 주자…

동주네 세대(1917-1945)였을 때에도
우리네 코풀레기 소꿉시절(60~70년대) 때에도
세월네월의 "해비"를 너나가 다 맞아본듯…
"하늘다리" "무지개"를 보고 너나가 다 "즐거워"한
듯…

지금은 "해비"를 맞아보려는 아이들도 없다
지금은 "무지개"를 쫓아가는 아이들은 더구나 없다

항상 밝고 맑은 동심에 살며 동시를 썼던 동시인- 동주

오늘도
동주의 "해비"가 그립고지고…

[86] ~윤동주 시 "봄 1"~

우리 애기는
아래 발치에서 코올코올,

고양이는
부뚜막에서 가릉가릉,

애기 바람이
나무가지에서 소올소올,

아저씨 해님이
하늘 한가운데서 째앵째앵.

1936 년 10 월.

~竹林 담시노트~

86

"우리 애기는
아래 발치에서 코올코올

고양이는

부뚜막에서 가릉가릉

애기 바람이
나무가지에서 소올소올

아저씨 해님이
하늘 한가운데서 째앵째앵."
~윤동주 시 "봄 1"에서
                    1936.10.

"코올코올"
"가릉가릉"
"소올소올"
"째앵째앵"

…

알콩달콩, - 동시향기 솔솔…
"아래 발치에서"도 솔솔…
"부뚜막에서"도 솔솔…
"나무가지에서"도 솔솔…
"하늘 한가운데서"도 솔솔…
동주의 맘속에서도 솔솔…
어제도 솔솔…
오늘도 솔솔…
래일도 솔솔…

우리 고유의 성스러운 한글말을 짓궂게 말살하던 시대에도
꿋꿋이 용감히 아름다운 우리 한글로 시를 썼던 사나이- 동
주
그것도 우리 고운 한글을 애써 다듬어 찾아 동시를 썼던 사
나이- 동주

아,―
온 누리의 자랑이여라!―…

[87] ~윤동주 시 "눈 1"~

지난밤에
눈이 소―복이 왔네

지붕이랑
길이랑 밭이랑
추워 한다고
덮어주는 이불인가봐

그러기에
추운 겨울에만 나리지
　　　1936 년 12 월.

~竹林 담시노트~

87

"지난밤에
눈이 소—복이 왔네

지붕이랑
길이랑 밭이랑
추워 한다고
덮어주는 이불인가봐

그러기에
추운 겨울에만 나리지"

~윤동주 시 "눈 1" 에서

1936. 12.

맑디맑은 맘으로
세상을 바라보다…

"지붕이랑 길이랑 밭이랑"
그리고 몸이랑 "추워" 나는 "겨울" 이지만
이 동시를 읊으면 맘 한구석 따뜻해지다…

이 텁썩부리는 어디의 "이불" 이 되고지고…
이 텁썩부리는 누구의 "이불" 이 되고지고…

이 텁썩부리는 어떠한 "이불"이 되고지고…

[88] ~윤동주 시 "눈 2"~

눈이
새하얗게 와서
눈이
새물새물 하오.
1936 년 12 월(추정).

~竹林 담시노트~

88

"눈이
새하얗게 와서
눈이
새물새물 하오."
~윤동주 시 "눈 2"
    1936.12(추정).

사풀사풀 펑펑 "새하얗게"
하늘나라에서 내리는 "눈"도 "눈"이요
반짝반짝 빛나고 "새물새물" 거리는

오관에서의 명주 "눈" 도 "눈" 이라…

동음이의어를 정나미 찾아
우리 말의 순수함을 고집스레 쓴 사나이- 동주

[89] ~윤동주 시 "개 1"~

눈우에서
개가
꽃을 그리며
뛰오.
1936 년 12 월(추정).

~竹林 담시노트~

89

"눈우에서
개가
꽃을 그리며
뛰오."
~윤동주 시 "개 1" 에서
　　　　1936.12(추정).
깨끗한 시어이다

빼여난 의인화이다
순수 언어예술의 극치이다
시골풍경 스케치 그려진다
한폭의 수채화가 펼쳐진다
력동적 락관적으로 막막한 시대를 잊는다…

악의 없는 "꽃" "개" 가
성스럽게 하늘하늘 "뛰오"…
이 텁썩부리 마음속 "눈" 밭에도
새하야니 "꽃을 그리며"
오늘도 "뛰"고 "뛰"고지고…

[90] ~윤동주 시 "겨울"~

처마밑에
시래기 다래미
바삭바삭
추워요.

길바닥에
말똥 동그래미
달랑달랑
얼어요.
1936 년 겨울.

~竹林 담시노트~

90

"처마밑에
시래기 다래미
바삭바삭
추워요.

길바닥에
말똥 동그래미
달랑달랑
얼어요."

~윤동주 시 "겨울"에서
1936. 겨울.

"처마밑에" = "길바닥에"
"시래기 다래미" = "말똥 동그래미"
"바삭바삭" = "달랑달랑"
"추워요" = "얼어요"

시골의 "겨울"의 풍경을 조화롭게 이미지를 찾아
대구법으로 실감, 선명, 절묘하게 그려내다…

동주가 성인시를 심성에 기대여 청순하고 고결함을 썼다면,
동시는 동심에 기대여 천진란만하고 생동함을 썼다…

동주는 은진중학교(1932 년) 때부터 동시 쓰기 시작,

"카톨릭소년"(연길 발행)지에 동시 "병아리"(1936 년 11 월호),

"비자루"(1936 년 12 월호), "오줌싸개지도"(1937 년 1 월 호),

"무얼 먹구 사나"(1937 년 3 월호), "거짓부리"(1937 년 10 월호) 발표.

룡정 외삼촌네 댁으로 겨울방학에 놀러 와 있던 강소천

(함흥 영생고등보통학교 4 학년생, 후일 동요시인 됨.)과 교 우, 습작 조언 받다…

"어린이", "아이생활"아동잡지(서울 발행) 1928년부터 정기 구독.

"소년" 아동잡지(서울 발행)에 동시 "산울림"(1939 년 3 월호)을 발표,

그때 당시 처음으로 동주는 원고료를 받아본다…

그때 그렇게 존경했고 동요시인 윤석중("소년" 잡지 편집) 도 만나뵙다…

동주의 동시의 수작!…

[91] ~윤동주 시 "아침"~

획, 획, 획,

소꼬리가 부드러운 채찍질로 어둠을 쫓아
캄, 캄, 어둠이 깊다깊다 밝으오.

이제 이 동리의 아침이
풀살 오른 소엉덩이처럼 푸르오.
이 동리 콩죽 먹은 사람들이
땀물을 뿌려 이 여름을 길렀소.

잎, 잎, 풀잎마다 땀방울이 맺혔소.

구김살 없는 이 아침을
심호흡하오, 또 하오.

1936 년.

~竹林 담시노트~

91

"휙, 휙, 휙,
소꼬리가 부드러운 채찍질로 어둠을 쫓아
캄, 캄, 어둠이 깊다깊다 밝으오.

이제 이 동리의 아침이

풀살 오른 소엉덩이처럼 푸르오.
이 동리 콩죽 먹은 사람들이
땀물을 뿌려 이 여름을 길렀소.

잎, 잎, 풀잎마다 땀방울이 맺혔소.

구김살 없는 이 아침을
심호흡하오, 또 하오."

~윤동주 시 "아침"에서

1936.

진정 정겹고 풋풋한 시골의 이른 아침 풍경이오
"구김살 없"고 구슬같은 이야기가 절로 흐르오
룡정 명동의 아침은 "풋살 오른 소엉덩이처럼 푸르"기만
하오
쪽박 차고 오랑캐령 넘어 "눈물젖은 두만강" 허위허위 건
너와
무릉도원 ─ "새 명동"에 "땀물을 뿌려" "여름을 길렀"
소…

아희야,─
"휙, 휙, 휙, 소꼬리가" 다 아오
"캄, 캄, 어둠"도 다 아오
"풀살 오른 소엉덩이"들도 다 아오
"잎, 잎, 풀잎마"저도 다 아오

백리 륙도하도 다 안다며 주절대오
수호신 선바위도 다 봤다며 얘기하오

이 아니 평화롭지 않을손…
이 아니 소중하지 않을손…
이 아니 자랑스럽지 않을손…

[92] ~윤동주 시 "둘 다"~

바다도 푸르고
하늘도 푸르고

바다도 끝없고
하늘도 끝없고

바다에 돌 던지고
하늘에 침 뱉고

바다는 벙글
하늘은 잠잠.

1937 년초(추정).
~竹林 담시노트~

92

"바다도 푸르고
하늘도 푸르고

바다도 끝없고
하늘도 끝없고

바다에 돌 던지고
하늘에 침 뱉고

바다는 벙글
하늘은 잠잠."

~윤동주 시 "둘 다"에서
1937.초(추정).

"바다" = "하늘"
"푸르고" = "끝없고"
"돌 던지고" = "침 뱉고"
"벙글" = "잠잠"
대조법의 매력, 매력…

깊다 깊어 끝없이
끝없이 넓다 넓어
"돌 던"져 도
"침 뱉"아도
"둘 다" 포용력, 포용력…

그 "둘" 앞에 서면

238

항용 가슴이 뻥 뚫리고지고…
항용 마음이 확 열리고지고…

동주의 "바다는" 어떤 "바다"?-…
동주의 "하늘은" 어떤 "하늘"?-…

[93] ~윤동주 시 "황혼이 바다가 되여"~

하루도 검푸른 물결에
흐느적 잠기고… 잠기고…

저— 웬 검은 고기떼가
물든 바다를 날아 횡단할고.

락엽이 된 해초
해초마다 슬프기도 하오.

서창에 걸린 해말간 풍경화
옷고름 너어는 고아의 설음.

이제 첫 항해하는 마음을 먹고
방바닥에 나뒹구오… 뒹구오…

황혼이 바다가 되여
오늘도 수많은 배가

나와 함께 이 물결에 잠겼을게요

1937 년 1 월.

~竹林 담시노트~

93

"하루도 검푸른 물결에
흐느적 잠기고… 잠기고…

저— 웬 검은 고기떼가
물든 바다를 날아 횡단할고.

락엽이 된 해초
해초마다 슬프기도 하오.

서창에 걸린 해말간 풍경화
옷고름 너어(빨다)는 고아의 설음.
이제 첫 항해하는 마음을 먹고
방바닥에 나뒹구오… 뒹구오…

황혼이 바다가 되여
오늘도 수많은 배가

나와 함께 이 물결에 잠겼을게요"

~윤동주 시 "황혼이 바다가 되여"에서

1937.1.

외로움이다가

쓸쓸함이다가

막막함이다가

방황함이다가

"슬픔"이다가

무기력함이다가

"고아의 설음"이다가…

"서창에 걸린 해말간 풍경화"야,-

동주의 처절한 억겁 맘 다아 아느냐…

"황혼이" 된 "바다"야,-

동주의 천읍지애 맘 다-아 아느냐…

[94] ~윤동주 시 "나무"~

나무가 춤을 추면

바람이 불고

나무가 잠잠하면

바람도 자오.

1937 년 3 일(추정).

~竹林 담시노트~

94

"나무가 춤을 추면
바람이 불고
나무가 잠잠하면
바람도 자오."
~윤동주 시 "나무"에서
1937.3(추정).

만약 이 시를 이렇게 쓴다면,-
"바람이 불"면
"나무가 춤을 추"고
"바람이" "잠잠하면"
"나무"도 "자오."라고.

윤동주는
역발상 시적 상상력으로
"나무"를 읊조리고 있다…

왜,
왜,
왜서일가?,-…

…

...
...

윤동주의 "나무" 는
오늘도 룡정 동산 언덕빼기에서
찬란토록 "춤을 추"고 있고지고…
윤동주의 "바람" 은
오늘도 룡정 동산 언덕빼기에서
영원토록 "불고" 또 "불고"지고…

[95] ~윤동주 시 "개 2"~

이 개 더럽잖니'
아 - 니 이웃집 덜렁수캐가
오늘 어슬렁 어슬렁 우리 집으로 오더니
우리 집 바둑이의 밑구멍에다 코를 대고
씩씩 내를 맡겠지 더러운줄도 모르고,
보기 흉해서 막 차며 욕해 쫓았더니
꼬리를 휘휘 저으며
너희들보다 어떻겠느냐 하는 상으로
뛰여가겠지요 나 - 참.
　　1937 년 봄(추정).

~竹林 담시노트~

95

" '이 개 더럽잖니'
아 - 니 이웃집 덜렁수캐가
오늘 어슬렁 어슬렁 우리 집으로 오더니
우리 집 바둑이의 밑구멍에다 코를 대고
씩씩 내를 맡겠지 더러운줄도 모르고,
보기 흉해서 막 차며 욕해 쫓았더니
꼬리를 휘휘 저으며
너희들보다 어떻겠느냐 하는 상으로
뛰여가겠지요 나 - 참."
~윤동주 시 "개 2"에서
1937.봄(추정).

시로 쓴 일기(?),
일기로 쓴 시(?).

시골에서만 볼수 있는 전원풍경,-

지금의 시골에는
"이웃집 덜렁수캐"도 없다
더더욱 콩콩 살갑게 굴던 "바둑이"마저도 없다
다 ― 아 시가지로 비집고 들어와
이웃 정 모르며 "어슬렁 어슬렁" "씩씩" 거릴뿐,-
재너머 넘어 넘어 온 동주네 "바둑이"도
어느 사이 교배 교배 몇 몇 교배를 너머 넘어

어느 아가씨들 품에 안겨 콩콩 짖어댄지 오래된 얘기,-…

지금의
"덜렁수캐"들과
"바둑이"들과
애완견들은
호화자가용차에
호사스레
호강스러이
정히 모셔져 들락날락 하면서도
"꼬리를 휘휘 저으며
'너희들보다 어떻겠느냐' 하는
상(狀)으로 뛰여갈" 줄도 전혀 모르고지고…

동주가 좋아하던 "덜렁수캐"와 "바둑이"는
오늘도 명동 동구밖에서 동주를 기다리고 기다린다…

[96] ~윤동주 시 "산협의 오후"~

내 노래는 오히려
섧은 산울림.

골짜기길에
떨어진 그림자는
너무나 슬프구나.

오후의 명상은
아- 졸려.

1937 년 9 월.

~竹林 담시노트~

96

"내 노래는 오히려
섧은 산울림.

골짜기길에
떨어진 그림자는
너무나 슬프구나.

오후의 명상은
아- 졸려."

~윤동주 시 "산협의 오후"에서
1937.9.

동주는 "산울림"과 함께 하고 있다
그것도 "섧은 산울림"과 함께,-
동주는 "골짜기길"과 역시 함께 하고 있다

그것도 "떨어진 그림자"가 "슬퍼"하는 "골짜기길"과
함께,-
동주는 "오후의 명상"을 하고 있다
하지만 "섧"고 "슬프"고 "졸리"고 있다…

토속적인 "산협의 오후"는 느긋이 흐르고지고…
순진무구한 어린아이처럼 순수가 흐르고지고…
자연속의 조화와 리듬이 처량히 흐르고지고…

[97] ~윤동주 시 "비로봉"~

만상을
굽어 보기란—

무릎이
오들오들 떨린다.

백화
어려서 늙었다.

새가
나비가 된다.
 정말 구름이
비가 된다.

옷 자락이

춥다.

1937년 9월.

~竹林 담시노트~

97

"만상을
굽어보기란—

무릎이
오들오들 떨린다.

...

새가
나비가 된다.

정말 구름이
비가 된다.

..."

~윤동주 시 "비로봉"에서
1937.9.
룡정 광명중학교 때,-

조선 금강산, 원산 송도원 수학려행 다녀오다
"바다", "비로봉" 시 두편 줍다

금강산 주봉인 비로봉(해발 1,638 메터)에서
일만이천봉 "만" 물 "상을" "굽어보"니
"무릎이 오들오들 떨리"고
"새가 나비가 되"여 나오고
"구름이 비가 되"여 내리다…

시에서 심상적인 접근법으로 간결하게 풍경묘사 하다
시에서 고도미의 짜임새로 환상적 격조를 두드리다…

[98] ~윤동주 시 "바다"~

실어다 뿌리는
바람조차 시원타.

솔나무 가지마다 새춤히
고개를 돌리여 뻐들어지고

밀치고
밀치운다.

이랑을 넘는 물결은
폭포처럼 피여오른다.

해변에 아이들이 모인다
찰찰 손을 씻고 구부로

바다는 자꾸 섧어진다
갈매기의 노래에…

돌아다보고 돌아다보고
돌아가는 오늘의 바다여!

1937 년 9 월. 원산 송도원에서

~竹林 담시노트~

98

"실어다 뿌리는
바람조차 시원타.

솔나무 가지마다 새춤히
고개를 돌리여 뻐들어지고

밀치고
밀치운다.

이랑을 넘는 물결은
폭포처럼 피여오른다.

해변에 아이들이 모인다
찰찰 손을 씻고 구부로

바다는 자꾸 엷어진다
갈매기의 노래에…

돌아다보고 돌아다보고
돌아가는 오늘의 바다여!"

~윤동주 시 "바다"에서
1937.9. 원산 송도원에서

조선 금강산, 원산 송도원 등지로 수학려행 가기전,
1937년 8월, 100부 한정판인
백석 시집 "사슴"을 완전히 필사하다…
그리고 "영랑 시집" 정독하다…
문학을 지향하는 동주와
의학을 전공하라는 부친과의 대립 심해지다…
조부(윤하현)의 권유로 부친(윤영석)이 양보,
동주는 문과를 택하기로 하다…

해당화와 명사십리가 유명한 원산 송도원 앞 "바다",-
랑만의 노래가 파아란 "물결" 위에서
"밀치고 밀치우"며 "폭포처럼 피여오른다"…
새하아얀 동심들은 "찰찰 손을 씻고"
"갈매기의 노래"가 구성진
9월의 "바다"에 첨벙첨벙 뛰여든다…

아희야,-
그처럼 "돌아다보고" 또 "돌아다보"던,-
원산 송도원 앞 "바다"가
그들먹히 담겨졌던,
그렇게도 그윽한 해맑은 동주의 눈을
뼈에 사뭇치게
그 누가 빼앗아갔노!!!…
애닲히 원통하게
그 누가 빼앗아갔노!!!…

[99] ~윤동주 시 "산울림"~

까치가 울어서
산울림.

아무도 못들은
산울림.
까치가 들었다
산울림.

저 혼자 들었다
산울림.

1938 년 5 월.

~竹林 담시노트~

99

"까치가 울어서
산울림.

아무도 못들은
산울림.

까치가 들었다
산울림.

저 혼자 들었다
산울림."
~윤동주 시 "산울림"에서
1938.5.

대자연에서 한 생명이
반가이 반갑게 태동하고 있다
한 시공간에서 다른 시공간으로
새하야니 새하얗게 번져간다
련쇄적 파동으로 메아리가
파아란이 파랗게 울려가고 울려온다

순수한 령혼의 시심이
이 텁썩부리 맘속으로 흥건히 흐르고지고…

하지만,−
오늘,
동주의 "까치" 도 없다
동주의 "산울림" 도 더더욱 없다…

─앗,!!!

[100] ~윤동주 시 "봄 2"~

봄이 혈관속에 시내처럼 흘러
돌, 돌, 시내 가차운 언덕에
개나리, 진달래, 노─란 배추꽃.
 삼동을 참아온 나는
풀포기처럼 피여난다.

즐거운 종달새야
어느 이랑에서나 즐거웁게 솟쳐라.

푸르른 하늘은
아른아른 높기도 한데…

1942 년(추정).

~竹林 담시노트~

100

"봄이 혈관속에 시내처럼 흘러
돌, 돌, 시내 가차운 언덕에
개나리, 진달래, 노―란 배추꽃.

삼동을 참아온 나는
풀포기처럼 피여난다.

즐거운 종달새야
어느 이랑에서나 즐거웁게 솟쳐라.

푸르른 하늘은
아른아른 높기도 한데…"
~윤동주 시 "봄 2"에서
1942(추정).

동장군이 서서히 물러간다
"시내"가 "돌, 돌" 맘속에 "흘러" 든다

"개나리, 진달래, 노―란 배추꽃"들이

"시내"와 함께 달려와 흐드러지게 반긴다

"즐거운 종달새"도 "푸르른 하늘"로 "즐거웁게 솟"구
친다

싱그러운 "봄"이다…

하지만,―

하지만,―

그렇게도 "삼동을 참"으며 맞은 "봄"이건만

동주의 "봄"은 왜 "즐거웁"지 아니 했을가…

"푸르른 하늘은 아른아른 높기도 한데…"에서

동주가 미처 말하지 못했던 속말은 그 무엇이였을가…

그후,―

자연의 "봄"은

동주에게 스물아홉번째 뒤로

서른번째(1946 년) "봄"을

더는,

더는 주지 않았다…

오호라,―

참, 통탄스럽도다…

참, 슬프디 슬프도다…

동주의 청춘아,―

동주의 청춘아,―

제6부

"숲으로 가자,
달쪼각을 주으러 숲으로 가자" …
(101~120)

[101] ~윤동주 시 "꿈은 깨여지고"~

꿈은 눈을 떴다.
그윽한 유무에서.

노래하던 종다리
도망쳐 날아나고

지난날 봄타령하던
금잔디 밭은 아니다.

탑은 무너졌다.
붉은 마음의 탑이—

손톱으로 새긴 대리석탑이—
하루 저녁 폭풍에 여지없이도

오— 황페의 쑥밭,
눈물과 목메임이여!

꿈은 깨여졌다.
탑은 무너졌다.

1935 년 10 월 27 일.

~竹林 담시노트~

101

"꿈은 눈을 떴다.
그윽한 유무에서.

노래하던 종다리
도망쳐 날아나고

지난날 봄타령하던
금잔디 밭은 아니다.

탑은 무너졌다.
붉은 마음의 탑이—

손톱으로 새긴 대리석탑이—
하루 저녁 폭풍에 여지없이도

오— 황폐의 쑥밭,
눈물과 목메임이여!

꿈은 깨여졌다.
탑은 무너졌다."

~윤동주 시 "꿈은 깨여지고"에서

1935.10.27.

"꿈",

"꿈",

윤동주의 "꿈"은 무엇이였을가…

멋진 롱구선수,

소문짜한 축구선수가 되는 "꿈"?…

달변의 웅변가가 되는 "꿈"?…

유명한 화가가 되는 "꿈"?…

잡지사의 편집자가 되는 "꿈"?…

아버지(윤영석)가 바라듯 의사가 되는 "꿈"?

어머니(김룡)의 솜씨를 물려받은 재봉사가 되는 "꿈"?…

외삼촌(김약연)처럼 교육자가 되는 "꿈"?…

…

"꿈",

"꿈",

윤동주의 "꿈"은,-

그렇게도 바라고 바라던

정지용, 백석, 릴케 등등 시인, 작가들처럼

유명짜한 시인이 되는것이 "꿈"이였고,

그리고 오로지

"죽는 날까지 하늘을 우러러

한점 부끄럼이 없"는 마음으로,-
평화로운 세상을 만드는것이 "꿈"이였으며,
"모든 죽어가는것을 사랑"하고
"주어진 길을" 떳떳이 "걸어가"는것이
윤동주의 찬란하고 성스러운 "꿈"이였다…

하지만,
하지만,
하지만,
윤동주의 "꿈은" 산산이 "깨여졌"었다…
윤동주의 "탑은" "폭풍에 여지없이도" "무너졌"었다…

동주의 "꿈"의 색갈은 어떤 색갈이였을가…

오늘,
이 시각,-
찬란했고 성스러웠던
윤동주의 청춘의 "꿈"을
산산쪼각 "깨"여버린,-
"여지없이" "무너"뜨린
철천의 원흉들을
견결히
단호히
여지없이

수배, 재수배하라!!!…

[102] ~윤동주 시 "병아리"~

'삐, 삐, 삐,
엄마 젖 좀 주'
병아리 소리.

'꺽, 꺽, 꺽,
오냐, 좀 기다려'
엄마닭 소리.

좀 있다가
병아리들은
젖 먹으려는지
엄마 품으로 다 들어갔지요.

1936 년 1 월 6 일.

~竹林 담시노트~

102

" '삐, 삐, 삐,
엄마 젖 좀 주'
병아리 소리.

'꺽, 꺽, 꺽,
오냐, 좀 기다려'
엄마닭 소리.

좀 있다가
병아리들은
젖 먹으려는지
엄마 품으로 다 들어갔지요."

~윤동주 시 "병아리"에서
                    1936.1.6.

이 동시를 읽는 순간,-
룡정 명동촌 동주네 한옥 앞마당이
평화스럽게 화알짝 펼쳐진다
정겨웁게 다정스레 안겨온다…
그리고
순진무구한 어린애들
햇 "병아리" 되여
올망졸망 숨박꼭질 하고지고…

ー해환(동주의 아명)아, 머리 꼬리 보인다…

─한범(몽규의 아명)아, 저고리 고름 보인다…

나와 놀쟈…
너와 놀쟈…

[103] ~윤동주 시 "창구멍"~

바람 부는 새벽에 장터 가시는
우리 아빠 뒤자취 보고싶어서
침을 발라 뚫어논 작은 창구멍
아롱아롱 아침해 비치웁니다.

눈 나리는 저녁에 나무 팔려 간
우리 아빠 오시나 기다리다가
혀끝으로 뚫어논 작은 창구멍
살랑살랑 찬바람 날아듭니다.

1936 년초(추정).

~竹林 담시노트~

103

"바람 부는 새벽에 장터 가시는
우리 아빠 뒤자취 보고싶어서
침을 발라 뚫어논 작은 창구멍
아롱아롱 아침해 비치웁니다.

눈 나리는 저녁에 나무 팔려 간
우리 아빠 오시나 기다리다가
혀끝으로 뚫어논 작은 창구멍
살랑살랑 찬바람 날아듭니다."

~윤동주 시 "창구멍"에서
1936.초(추정).

"바람 부는 새벽에 장터 가시"던,
"눈 나리는 저녁에 나무 팔려 가"시던
"아빠"가 무척 그립고 그립다…
그리고,-
"침을 발라 뚫어놓"았던,
"혀끝으로 뚫어놓"았던
그제날의 "작은 창구멍"도 마냥 그립고 그립다…
"아롱아롱" "비추어" 들어오던 "아침해"도,
"살랑살랑" "날아들"어오던 "찬바람"도
섬섬옥결 구구절절 그립고 그리워지고…

오늘날,-
장돌뱅이 "아빠"의 그림자도 없다…

"침"으로 "혀끝으로" "뚫어놓"고
"아롱아롱 아침해 비추어" 들어올,
"살랑살랑 찬바람 날아들" 어올
동주의 "작은 창구멍"은
더더욱
처연히
처절히
없다…

오늘도 이 시대의 희망의 상징- 동주
오늘도 평화공동체의 실천의 상징- 동주

[104] ~윤동주 시 "종달새"~

종달새는 이른 봄날
질디진 거리의 뒤골목이
싫더라.
명랑한 봄 하늘,
가벼운 두 나래를 펴서
요염한 봄노래가
좋더라.
그러나 ,
오늘도 구멍 뚫린 구두를 끌고,
홀렁홀렁 뒷거리 길로
고기새끼 같은 나는 헤매나니

나래와 노래가 없음인가.
가슴이 답답하구나.

1936 년 3 월.

~竹林 담시노트~

104

"종달새는 이른 봄날
질디진 거리의 뒤골목이
싫더라.
...
오늘도 구멍 뚫린 구두를 끌고
홀렁홀렁 뒤거리길로
고기새끼 같은 나는 헤매나니.
나래와 노래가 없음인가
가슴이 답답하구나."
~윤동주 시 "종달새" 에서
1936.3.

"신사참배거부사건" 으로
평양 숭실중학교 동맹휴학(1936 년 4 월).
동주는 문익환과 함께 자퇴,

고향 돌아와 룡정 광명중학교에 편입되다…
"두 나래"가 불러진 "종달새"가 된 동주,-
물 떠난 "고기새끼 같은" 신세가 된 동주,-

"가벼운 두 나래"가 "명랑"히 있었던 "종달새"- 동주
"요염한 봄노래"가 찬란히 있었던 "종달새"- 동주
하지만,
"질디진 거리의 뒤골목"에서
"훌렁훌렁 뒤거리길"에서
"구멍 뚫린 구두를" 질질 "끌고" "헤매"돌고 돌다니…

계절의 "봄"은 늘 오건만,
동주가 그렇게도 바라고 그렇게도 외쳤던
동주의 새"봄"은 "여지없이" 짓밟혀지다…
동주가 그렇게도 바라고 바라던
동주의 새"봄"은 전혀 전혀 오지 않았다…

동주의 희망찬 "나래"는?…
동주의 우렁찬 "노래"는?…

—아희야,-

[105] ~윤동주 시 "가슴 2"~

늦은 가을 쓰르라미
숲에 싸여 공포에 떨고.

웃음 웃는 흰 달 생각이
도망가오.

1936 년 3 월 25 일.

~竹林 담시노트~

105

"늦은 가을 쓰르라미
숲에 싸여 공포에 떨고.

웃음 웃는 흰 달 생각이
도망가오."
~윤동주 시 "가슴 2"에서
1936.3.25.

평양 숭실중학교에서
(1936 년 4 월, "신사참배거부사건") 때,
동주는 문익환과 같이 동맹, 자퇴.
"숲에 싸"인 "쓰르라미" 신세,-

"웃음 웃는 흰 달" 마저 얄밉고 얄미웠다…

동주는
늘
깡보리밥 먹은듯 체하고지고…

[106] ~윤동주 시 "오후의 구장"~

늦은 봄 기다리던 토요일 날
오후 세시 반의 경성행 렬차는
석탄연기를 자욱히 풍기고
소리치고 지나가고

한몸을 끄을기에 강하던
공(뽈)이 자력을 잃고
한모금의 물이
불붙는 목을 축이기에
넉넉하다.
젊은 가슴의 피순환이 잦고
두 철각이 늘어진다.

검은 기차 연기와 함께
푸른 산이
아지랑 저쪽으로

가라앉는다

1936 년 5 월.

~竹林 담시노트~

106

"늦은 봄 기다리던 토요일 날
오후 세시 반의 경성행 렬차는
석탄연기를 자욱히 풍기고
소리치고 지나가고

한몸을 끄을기에 강하던
공(뿔)이 자력을 잃고
한모금의 물이
불붙는 목을 축이기에
녁녁하다.
젊은 가슴의 피순환이 잦고
두 철각이 늘어진다.

검은 기차 연기와 함께
푸른 산이
아지랑 저쪽으로

가라앉는다"

~윤동주 시 "오후의 구장"에서

                    1936.5.

"기다리"고 "기다리던 토요일 날", -

"구장(球場)에서 "뽈이 자력을 잃"는 날이다

"목"에 "불붙"는 날이다

"두 철각이 늘어지"는 날이다

"푸른 산이" "가라앉"는 날이다…

동주는 어머니께서 배운 재봉솜씨를 펴

축구선수들 운동복에 일일이 번호를 달아줄 정도에까지…

룡정 은진중학교, 광명중학교 때,

"영국데기" 일번지 축구선수- 동주

학교 내 소문짜한 롱구선수- 동주

[107] ~윤동주 시 "비자루"~

요ー리조리 베면 저고리 되고

이ー렇게 베면 큰 총 되지.

누나하고 나하고

가위로 종이 쏠았더니

어머니가 비자루 들고
누나 하나 나 하나
볼기짝을 때렸소
방바닥이 어지럽다고—

아니 아—니
고놈의 비자루가
방바닥을 쓸기 싫으니
그랬지 그랬어

괘씸하여 벽장속에 감췄더니
이튿날 아침 비자루가 없다고
어머니가 야단이지요.

                1936 년 9 월 9 일.

~竹林 담시노트~

107

"요—리조리 베면 저고리 되고
이—렇게 베면 큰 총 되지.

누나하고 나하고
가위로 종이 쏠았더니
어머니가 비자루 들고
누나 하나 나 하나
볼기짝을 때렸소
방바닥이 어지럽다고—

아니 아—니
고놈의 비자루가
방바닥을 쓸기 싫으니
그랬지 그랬어

패씸하여 벽장속에 감췄더니
이튿날 아침 비자루가 없다고
어머니가 야단이지요.”

~윤동주 시 “비자루”에서
1936.9.9.

“요—리” “벨”가…
“조리” “벨”가…
“이—렇게” 벨가…
조렇게 “벨”가…
“방바닥이 어지럽” 혀도
히히호호 재미나는 가위전지 소꿉놀이…

"방바닥이 어지러"은 것,
"누나" 탓?…
"내" 탓?…
아니, 아서라 말어라
"비자루" 탓!…

동주의 동시적인 의인화수법의 재치!, 극치!…

[108] ~윤동주 시 "비행기"~

머리의 프로펠러가
연자간 풍차보다
더ー 빨리 돈다.

땅에서 오를 때보다
하늘에 높이 떠서는
빠르지 못하다
숨결이 찬 모양이야.

비행기는ー
새처럼 나래를
펄럭거리지 못한다.
그리고 늘ー
소리를 지른다

숨이 찬가봐.

1936 년 10 월초.

~竹林 담시노트~

108

"머리의 프로펠러가
연자간 풍차보다
더— 빨리 돈다.

땅에서 오를 때보다
하늘에 높이 떠서는
빠르지 못하다
숨결이 찬 모양이야.

비행기는—
새처럼 나래를
펄럭거리지 못한다.
그리고 늘—
소리를 지른다
숨이 찬가봐."

~윤동주 시 "비행기"에서
　　　　1936.10.초.

엄마,-

오늘 첨으로 "베앵기" 봤쑤꾸예

하늘에서 손바닥만한거ー

돼지능쟁이풀 한보짐 그득히 이고

삽작문 들어서는 엄마 보며

죽림동 버빡골 시골뜨기 죽림 싱글벙글 들썩해본지도 이슥…

아이들 보는 "비행기"와

20살 청년 동주가 보는 "비행기"는

모두 "나래를 펄럭거리지 못하"며

역시 "소리를 지르"며 "숨이 차"하고 있다…

둘도 없이 순수무궁한 동시인- 동주

오늘따라

이 텁썩부리는 동주와 함께

하늘을 자유로이 자유롭게 날고싶어짐은 또,-…

[109] ~윤동주 시 "닭 2"~

ー닭은 나래가 커도

왜, 날잖나요
—아마 두엄 파기에
홀, 잊었나봐.

1936 년 12 월(추정).

~竹林 담시노트~

109

"—닭은 나래가 커도
왜, 날잖나요
—아마 두엄 파기에
홀, 잊었나봐."
~윤동주 시 "닭 2" 에서
1936.12(추정).

윤동주의 보기드문 문답식 동시.

지금 어디에도 볼수없는 전원세계.

지금,—
닭들은 한치보기 세치짜리 닭장에 갇혀서
살육적으로 뼈빠지게 알낳이하며

"두엄 파기"를 영영 "잊어" 버린지 오래다…

핫,-
—참, 슬프다…

[110] ~윤동주 시 "참새"~

가을 지난 마당은
백로지인양
참새들이
글씨공부 하지요.

짹, 짹,
입으론 부르면서
두발로는
글씨공부 하지요.

하루종일
글씨공부 하여도
짹자 한자밖에
더 못 쓰는걸.

1936 년 12 월.

~竹林 담시노트~

110

"가을 지난 마당은
백로지인양
참새들이
글씨공부 하지요.

쨋, 쨋,
입으론 부르면서
두발로는
글씨공부 하지요.

하루종일
글씨공부 하여도
쨋자 한자밖에
더 못 쓰는걸."

~윤동주 시 "참새"에서
1936. 12.

순수하게 활짝 다가오다
해맑게 짱 읽혀지다
코마루가 쨍 저려오다

참 재미있는 동시이다…

중국 연변조선족자치주 연길공원 (동시碑동네)에
윤동주 "참새" 동시비가
오
뚝
일
어
서
다…

오늘도
"짹, 짹,"
동주와 함께 "글씨공부 하"며지고…

[111] ~윤동주 시 "오줌싸개 지도"~

빨래줄에 걸어논
요에다 그린 지도는
지난 밤에 내 동생
오줌 싸서 그린 지도

꿈에 가본 엄마 계신
별나라 지돈가?
돈 벌러 간 아빠 계신

만주땅 지돈가?"

1937 년 1 월.

~竹林 담시노트~

111

"빨래줄에 걸어논
요에다 그린 지도는
지난 밤에 내 동생
오줌 싸서 그린 지도

꿈에 가본 엄마 계신
별나라 지돈가?
돈 벌러 간 아빠 계신
만주땅 지돈가?"
~윤동주 시 "오줌싸개 지도"에서
1937.1.

참, 귀여운 상상이다
참, 장난기 서린 상상이다
참, 그냥 웃고 넘어갈수 없는 둘도 없는 상상이다
참, "동생"이 실수했어도 꾸지람 부정 대신,
참, 유머스럽게 건뜬히 넘기는 상상이다…

"별나라"에 가신 "엄마"가 그립다
"만주땅"으로 "돈 벌러 간 아빠"가 그립다
진한 가정애가 그립고 그립다

잠깐,-
"별나라"에 가신 "엄마"?…
"만주땅"으로 "돈 벌러 간 아빠"?…
하지만 동주네는 명동에서 1932년 룡정으로 이사,
1937년 당시, 동주의 엄마(김용)이나 아빠(윤영석)
두 부모님은 룡정에서 아들 글공부 뒷바라지 하고 있는터.
그런데 "별나라"에 가신 "엄마"라니?
"만주땅"으로 "돈 벌러 간 아빠"라니?…

이는 상상을 초월한 암울한 시기 매가정의 애환였으며,
또한 그때 당시 시대적 비극사의 연출이고지고…

―동주의 아주 작디 작은 "작은" 령혼이
파아란 초불이 되어
찬란히
기나긴 어둠을 몰아내고 몰아내고 있었다…

[112] ~윤동주 시 "만돌이"~

만돌이가 학교에서 돌아오다가
전보대 있는데서
돌재기 다섯개를 주웠습니다.

전보대를 겨누고
돌 첫개를 뿌렸습니다.
―딱―
두개째 뿌렸습니다. ―
아뿔사―
세개째 부렸습니다.
―딱―
네개째 뿌렸습니다.
―아뿔사―
다섯개째 뿌렸습니다.
―딱―

다섯개에 세개…
그만하면 되었다.
래일 시험
다섯 문제에 세 문제만 하면―
손꼽아 구구를 하여봐도
허양 륙십점이다.
볼거 있나 공 차러 가자.

그 이튿날 만돌이는
꼼짝 못하고 선생님한테
흰종이를 바쳤을가요.
그러찮으면 정말

륙십점을 맞았을가요.

1937 년(추정).

~竹林 담시노트~

112

"만돌이가 학교에서 돌아오다가
전보대 있는데서
돌재기(돌멩이) 다섯개를 주윘습니다.

전보대를 겨누고
돌 첫개를 뿌렸습니다.
—딱—
두개째 뿌렸습니다. —
아뿔사—
세개째 부렸습니다.
—딱—
네개째 뿌렸습니다.
—아뿔사—
다섯개째 뿌렸습니다.
—딱—

다섯개에 세개…
그만하면 되였다.
래일 시험
다섯 문제에 세 문제만 하면―
손꼽아 구구를 하여봐도
허양 륙십점이다.
볼거 있나 공 차러 가자.

그 이튿날 만돌이는
꼼짝 못하고 선생님한데
흰종이를 바쳤을가요.
그렇찮으면 정말
륙십점을 맞았을가요."

~윤동주 시 "만돌이"에서
1937(추정).

무거운 주제의 동주의 시를 보다가
장난끼스러운 동주의 동시로 웃음이 한방에 빵!…
유머스럽게 묘사한 동시.

동주야,―
――그때 그 시절이
마냥 그립고지고…

[113] ~윤동주 시 "반디불"~

가자, 가자, 가자,
숲으로 가자.
달쪼각을 주으러
숲으로 가자.

그믐밤 반디불은
부서진 달쪼각

가자, 가자, 가자,
숲으로 가자.
달쪼각을 주으러
숲으로 가자.

1937 년초(추정).

~竹林 담시노트~

113

"가자, 가자, 가자,
숲으로 가자.
달쪼각을 주으러
숲으로 가자.

그믐밤 반디불은
부서진 달쪼각

가자, 가자, 가자,
숲으로 가자.
달쪼각을 주으러
숲으로 가자."

~윤동주 시 "반디불"에서
1937.초(추정).

맑디맑은 령혼의 몸부림이다
어릴적 추억 생생 떠오른다

"그믐밤 반디불은
부서진 달쪼각", ―
이 얼마나 아름답고 어여쁜 동시적 표현수법인가…

"가자, 가자, 가자,
숲으로 가자."
동주 따라
동주 따라
"달쪼각을 주으러
숲으로 가자."

[114] ~윤동주 시 "거짓부리"~

똑, 똑, 똑
문 좀 열어주세요.
하루밤 자고 갑시다
밤은 깊고 날은 추운데
거, 누굴가?
문 열어주고 보니
검둥이의 꼬리가
거짓부리한걸.

꼬기요, 꼬기요
닭알 낳았다
간난아! 어서 집어가거라
간난이 뛰어가 보니
닭알은 무슨 닭알
고놈의 암탉이
대낮에 새빨간
거짓부리한걸.

　　1937 년 10 월.

~竹林 담시노트~

114

"똑, 똑, 똑
문 좀 열어주세요.
하루밤 자고 갑시다
밤은 깊고 날은 추운데
거, 누굴가?
문 열어주고 보니
검둥이의 꼬리가
거짓부리한걸.

꼬기요, 꼬기요
닭알 낳았다
간난아! 어서 집어가거라
간난이 뛰어가 보니
닭알은 무슨 닭알
고놈의 암탉이
대낮에 새빨간
거짓부리한걸."
~윤동주 시 "거짓부리"에서
1937.10.

선한 "거짓부리"에 굳게 닫혔던 "문"도 열리고
달콤새콤 익살스러운 "거짓부리"에 선바위도 웃고지고…

"똑, 똑, 똑"…
"검둥이" "거짓부리"에 별유천지 동화세계가 펼쳐지고

"꼬끼요, 꼬끼요" …

"암탉" "거짓부리"에 찬란한 평화세계가 오고지고…

동주의 동화세계는?-…

동주의 평화세계는?-…

[115] ~윤동주 시 "애기의 새벽"~

우리 집에는

닭도 없단다.

다만

애기가 젖 달라 울어서

새벽이 된다.

우리 집에는

시계도 없단다.

다만

애기가 젖 달라 보채여

새벽이 된다.

1938년(추정).

~竹林 담시노트~

115

"우리 집에는
닭도 없단다.
다만
애기가 젖 달라 울어서
새벽이 된다.

우리 집에는
시계도 없단다.
다만
애기가 젖 달라 보채여
새벽이 된다."

~윤동주 시 "애기의 새벽"에서
1938(추정).

가난의 칠흑 골짜기는
깊
고
깊
었다…

하지만,-
"새벽" "닭"이 울지않아도

292

"시계"가 없어도

"애기"가 알리는 "새벽" 속엔

살내음의 정취가

모락모락

물씬물씬

아기자기

발범발범

뒤뚱뒤뚱 발 버둥쳐 오고지고…

동주네는 "닭"이 없어도,

동주네는 "시계"가 없어도,

정다운 사람냄새 물씬 풍기는 대가정!…

[116] ~윤동주 시 "해빛, 바람"~

손가락에 침 발라

쏘—ㄱ, 쏙, 쏙

장에 가는 엄마 내다보려

문풍지를

쏘—ㄱ, 쏙, 쏙

아침에 해빛이 반짝

손가락에 침 발라

쏘一ㄱ, 쏙, 쏙,

장에 가신 엄마 돌아오나

문풍지를

쏘一ㄱ, 쏙, 쏙

저녁에 바람이 솔솔.

1938 년(추정).

~竹林 담시노트~

116

"손가락에 침 발라

쏘一ㄱ, 쏙, 쏙

장에 가는 엄마 내다보려

문풍지를

쏘一ㄱ, 쏙, 쏙

아침에 해빛이 반짝

손가락에 침 발라

쏘一ㄱ, 쏙, 쏙,

장에 가신 엄마 돌아오나

문풍지를

쏘ㅡㄱ, 쏙, 쏙

저녁에 바람이 솔솔."

~윤동주 시 "해빛, 바람"에서

1938(추정).

동주는 이미 동시 "창구멍"에서

새벽장터로 가시는 **아빠**의 뒤모습과

저녁장터에서 돌아오시는 **아빠**의 앞모습을 보려고

"문풍지"에 "창구멍"을 "뚫어놓"은지 오래다…

아침 해빛과 함께 **아빠**의 뒤모습 "아롱아롱" 보이고

저녁 찬바람과 함께 **아빠**의 앞모습 "살랑살랑" 보이고지

고…

동주는 또 동시 "해빛, 바람"에서

아침장터로 가시는 **엄마**의 뒤모습과

저녁장터에서 돌아오시는 **엄마**의 앞모습을 보려고

"손가락에 침 발라" "문풍지"에 구멍을 내고있다…

아침 해빛과 함께 **엄마**의 뒤모습 "반짝" "반짝" 보이고

저녁 찬바람과 함께 **엄마**의 앞모습 "솔솔" "솔솔" 보이고

지고…

[117] ~윤동주 시 "귀뚜라미와 나와"~

귀뚜라미와 나와
잔디밭에서 이야기했다.

귀뜰귀뜰
귀뜰귀뜰

아무게도 알려주지 말고
우리 둘만 알자고 약속했다.

귀뜰귀뜰
귀뜰귀뜰

귀뚜라미와 나와
달 밝은 밤에 이야기했다.

1938 년(추정).

~竹林 담시노트~

117

"귀뚜라미와 나와
잔디밭에서 이야기했다.

귀뜰귀뜰

귀뜰귀뜰

아무게도 알려주지 말고

우리 둘만 알자고 약속했다.

귀뜰귀뜰

귀뜰귀뜰

귀뚜라미와 나와

달 밝은 밤에 이야기했다."

~윤동주 시 "귀뚜라미와 나와"에서

1938(추정).

동주가 가을의 전령사인 "귀뚜라미와"

"잔디밭에서",

"달 밝은 밤에",

그 무슨 소중한 "이야기"를,

그것도 단 "둘만"의 "이야기를"

"귀뜰귀뜰 귀뜰귀뜰" 주고받고 "약속"까지 했을가…

오호라,-

가을이면 가을마다 그 누군가와

"이야기를" 마냥 하고싶어짐은 또,-…

그리고

교교히 달 밝은 밤이면,

향기로운 "이야기" 꽃을

소곤소곤

"귀뜰귀뜰" 주고받을 그림자가 마냥 그립고지고…

[118] ~윤동주 시 "해바라기 얼굴"~

누나의 얼굴은

해바라기 얼굴

해가 금방 뜨자

일터에 간다.

해바라기 얼굴은

누나의 얼굴

얼굴이 숙어들어

집으로 온다.

1938 년(추정).

~竹林 담시노트~

118

"누나의 얼굴은

해바라기 얼굴
해가 금방 뜨자
일터에 간다.

해바라기 얼굴은
누나의 얼굴
얼굴이 숙어들어
집으로 온다."

~윤동주 시 "해바라기 얼굴"에서·
1938(추정).

동주의 어머니(김룡)는
첫아이 딸 출산했으나 얼마 안되여 잃고만다
오래동안 태기 없다가
8년만에 아들 동주(애명;해환)를 출산한다
그후 동주에게는 누이동생(혜원)과
남동생 일주(애명;달환), 광주(애명;별환) 형제가 생긴다

동주에게는 사실 "누나"가 없다…

하지만,-
동주는 시 "편지"(1936.12.)에서
저 세상으로 떠난 "누나"를 무척 그리워하고 있다,
그리고 시 "해바라기 얼굴"(1938.)에서도
이승에서 가족을 착실히 돕는 "누나"를

애틋하고 안타까운 마음으로
"해바라기"에 비유해 그리며 펼쳐보이고 있다…

그럼 동주가 그렸던 "누나"는,-
누구였을가,
누구였을가…

이 텁썩부리도 동주처럼
자나깨나 꿈결에도
사시 울 "누나(후남)"를 그리고 그리워하고지고…

[119] ~윤동주 시 "가로수"~

가로수, 단촐한 그늘밑에
구두술같은 혀바닥으로
무심히 구두술을 핥는 시름.

때는 오정. 싸이렌,
어디로 갈것이냐?

ㅁ*시 그늘은 맴돌고.
 따라 사나이도 맴돌고.

*ㅁ시: ㅁ는 판독이 불가능한 부분임.

　　　　1938 년 6 월 1 일.

~竹林 담시노트~

119

"가로수, 단출한 그늘밑에
구두술같은 혀바닥으로
무심히 구두술을 핥는 시름.

때는 오정. 싸이렌,
어디로 갈것이냐?

ㅁ*시 그늘은 맴돌고.
　따라 사나이도 맴돌고."

*ㅁ시: ㅁ는 판독이 불가능한 부분임.

~윤동주 시 "가로수"에서

　　　　1938.6.1.

"때는 오정 싸이렌"이 왱왱 울어도
"가로수 단출한 그늘밑에"서

301

"그늘"과 고뇌와 함께 "맴돌"며
"어디로 갈것이냐"라고 력력히 묻는
"사나이"는 누구일가…
"종점이 시점이 되(산문, "종시" 1939 년)고
"시점이 종점이 되"는,-
"꽃이 피"는 "화원에(산문, 1939 년)"서
"별똥 떨어지(산문, 1939 년)"는 "하늘을 쳐다보"며
"무사의 마음"으로 "활"당겨 "달을 쏜(산문, 1938 년)"
"사나이"는 동주, 바로 동주가 아닐가…

"어디로 갈것이냐"라고 또 되묻는다면
"가로수"야,- 소소리 화답하거라…
"신경행, 북경행, 남경행"으로,ㅡ
"아리랑"을 목청껏 부르며 "세계일주행"으로,ㅡ
아니, "진정한" "고향행"으로,ㅡ
아니, 아니,- "시대의 정거장이 있"는 곳으로,ㅡ

오늘도,
"바람"은 동주에게 길을 묻고 묻는다…

[120] ~윤동주 시 "서시"~

죽는 날까지 하늘을 우러러
한점 부끄럼이 없기를

잎새에 이는 바람에도
나는 괴로워했다.
별을 노래하는 마음으로
모든 죽어가는것을 사랑해야지
그리고 나한테 주어진 길을
걸어가야겠다.
오늘밤에도 별이 바람에 스치운다.

                    1941 년 11 월 20 일.

~竹林 담시노트~

120

"죽는 날까지 하늘을 우러러
한점 부끄럼이 없기를,
잎새에 이는 바람에도
나는 괴로워했다.
별을 노래하는 마음으로
모든 죽어가는것을 사랑해야지
그리고 나한테 주어진 길을
걸어가야겠다.
오늘밤에도 별이 바람에 스치운다."

~윤동주 시 "서시"에서

        1941.11.20.

"동섣달에도 꽃과 같은,

얼음아래 다시 한 마리

잉어와 같은(시인 정지용 '서문')" 사나이 - 동주

섬나라 일적과 필로 맞서 싸우다

"살을 내던지고

뼈를 차지한(시인 정지용 '서문')" 사나이 - 동주

일본 교또 후꾸오까 형무소에서

1945 년 2 월 16 일 오전 3 시 36 분,

"주어진 길" 다 못 "걸"고

스물아홉번째의 봄 속에서

아까운 청춘을 뒤로 한채

동주은

슬피디 슬피디

애달피 애달피

정체 모를 주사를 맞다가 "마루타(통나무)" 되다…

아희야,-

룡정 명동 선바위도 하늘땅 너머 구곡간장 짓찌졌었다…

동주의 그림자와 발자취로 넘실거렸던 륙도하도 도도히 요동

쳤었다…

유서깊은 해란강을 고즈넉이 허리에 감은 비암산도 음각양각

했었었다…

오늘도 일송정아래 용두레우물터를 배회하는 뭇"바람"떼들과

뭇"구름"떼들은

"새양한" 룡정,- 뒷동산의 동주유택과 몽규유택 찾고 찾아
울부짖고 울부짖는다…

동주,ㅡ

동주는 더는 그 누구의 '장신구상품'이 아니며 티끌 없는 옥
속의 옥이다…

동주,ㅡ

동주는 비록 떠났어도 시속에서 해처럼 밝게 빛추는 밝고 밝
은 햇불이며 등불이다…

동주,ㅡ

동주는 더는 어느 한 지역의 일원이 아니며 그 어디에서나
항상 행동으로 대변하는 온 누리의 불멸의 청춘이다…

동주,ㅡ

동주는 그 언제나 "죽었어(그는 오늘도 오로지 죽지 않았
다…)"도 말하는 거연한 시비(詩碑)이다,

시인 윤동주,ㅡ

우리는

진정 당신을 영원히 영원히 잊지 않을것이다…

부록

[윤동주 년보 및 기타]

1886년도,

증조부 윤재옥(尹在玉), 조선 함경북도 종성에서 현재 중국 길림성 룡정시 개산툰진 자동(子洞)촌으로 이주.

1899년도,

외삼촌 규암 윤약연(尹躍淵), 조선 함경북도 종성에서 현재 중국 룡정시 지신진 명동촌으로 이주. 호는 규암, 한학자이며 선각자로서 명동학교 세움.

1900년도,

조부 윤하연(尹夏鉉), 조선 함경북도 종성에서 현재 중국 길림성 룡정시 지신진 명동촌으로 옮김.

1917년(1세)

12월 30일, 룡정 명동촌에서 태여남. 애명은 해환(海煥).

부친 윤영석(尹永錫, 1895-1965?), 명동학교 교원, 모친 김용(金龍, 1891-1948, 윤광주 15세), 고종사촌 송몽규(윤영석 누이동생의 아들)가 같은 해 9월 28일에 태여남.

1923년도

누이동생 윤혜원이 태여남.

1925년(9세)

4월 4일, 입학. 송몽규(宋夢奎), 당숙 윤영선(尹永善, 의사), 외사촌 김정우(金禎宇, 시인), 문익환(文益煥, 목사, 시인)과 함께 명동학교 같은 학년에 다님.

1927년도

남동생 윤일주(尹一柱, 동시인, 한국 서울대 건축공학과 졸업. 성균관대 건축공학과 교수, 1985년도 작고)가 태여남.

1928년-1930년(12세~14세)

명동학교 4학년무렵부터 서울에서 간행되던 '어린이', '아이 생활' 등 아동잡지 정기 구독. 5학년때무렵 급우들과 함께 '새 명동'이란 등사판 잡지 꾸림.

1931년(15세)

3월 15일, 명동소학교 졸업. 학교에서는 졸업생 14명에게 김동환(金東煥)시집 '국경의 밤'을 선물함. 명동에서 동남쪽으로 10여리쯤 떨어진 달라자(大砬子, 지금의 지신)의 중국인 소학교 6학년에 송몽규와 함께 편입되어 1년간 수학.

1932년(16세)

4월, 윤동주네 일가는 명동에서 서북쪽으로 30여리 정도 떨어진 소도시 룡정(룡정에서도 두번 이사함)으로 이사(윤일주[1932년생]교수의 증언; 1932년 4월, 외사촌동생 김정우[1918년생]시인, 동창생의 증언; 1931년 늦가을)함. 송몽규와 문익환과 함께 은진중학교(고종사촌인 송몽규는 룡정 윤동주네 집에서 함께 투숙함)에 입학함. 급우들과 함께 교내 문예지를 만들고 축구선수로 뛰고 그림에도 소질을 보였으며, 교내 웅변대회에서 '땀 한방울'이라는 제목으로 1등을 하는 등 다방면으로 활동함.

1933년도

남동생 윤광주(尹光柱, 시인, 중국 룡정 거주. 1962년도 폐병으로 작고)가 태여남.

1934년(18세)

12월 24일, '초 한대', '삶과 죽음', '래일은 없다' 등 3편의 시작품 씀. 이는 오늘날 찾을수 있는 윤동주 최초의 시작품임.

1935년도

4월경, 송몽규는 중국 남경에 있던 독립단체로 감.

1935년(19세)

9월 1일, 은진중학교 4학년 1학기를 마친 윤동주는 평양 숭실중학교 3학년 2학기에 편입.숙사에 기거하면서 독서와 시작에 몰두. 10월, 숭실학교 '숭실활천' 제15호에 시 '공상'이 최초로 인쇄화 되어 등고됨. 숭실학교 4학년에는 한 학기전에 옮겨간 문익환과 함께 다님.

1936년(20세)

3월말, 신사참배거부사건으로 숭실학교가 폐교되자 룡정으로 돌아와 5년제인 광명학원 중학부 4학년으로 편입. 문익환은 같은 학교 5학년에 편입. 송몽규는 그 시기 웅기(雄基)경찰서에 구금되어 취조를 받음. 이후에도 요시찰 인물로 경찰의 감시 대상이 됨. 연길에서 발행하던 '카톨릭소년'지에 동시 '병아리(11월호)', '비자루(12월호)'를 윤동주(尹童柱)란 이름으로 발표. 이무렵, 일본판 '세계문학전집'과 우리 민족 작가들의 소설과 시 등을 탐독. '정지용시집' 정독. 이무렵, 룡정의 외가(외삼촌집)에 와있던 동요시인 강소천(姜小泉)을 만남. 우리글 문학작품을 신문과 잡지에서 스크래프 함. 시인 리상(李箱)의 시작품을 스크래프 함.

1937년(21세)

'카톨릭소년'지에 동시 '오줌싸개지도(1월호)', '무얼 먹구사나(3월호)'를 윤동주(尹童柱)란 이름으로, '거짓부리(10월호)'를 윤동주(尹童舟)란 이름으로 각기 발표. 童舟란 이름은 이때 처음으로 사용. 광명중학교 롱구선수로 활약함. 8월, 100부 한정판인 백석(白石)시집 '사슴'을 필사함. 9월, 조선 금강산과 원산 송도원 등지를 수학려행함. 이때 '바다', '비로봉'

시 2편 씀. 광명중학교 졸업반인 5학년 2학기가 되면서 상급학교 진학문제로 문학을 지향하는 윤동주와 의학을 택하라는 부친과 대립됨. 조부 윤하연의 권유로 부친이 양보하여 문과부류로 선택하게 됨. 이 무렵, '영랑(永郞)시집'을 정독.

1938년(22세)

2월 17일, 광명중학교를 졸업. 4월 9일, 서울 연희전문학교(지금의 연세대학교) 문과에 입학. 대성중학교 4학년을 졸업한 송몽규도 함께 입학. 3년간 기숙사 생활. 최현배(崔鉉培)선생에게서 조선어를 배우고 이양하(李揚河)선생에게서 영시를 배움. 연희전문 입학초부터 '조선일보'사에서 발행하던 "소년"잡지를 매달 동생 윤일주(尹一柱)에게 우편으로 보내줌.

1939년(23세)

'조선일보' 학생란에 산문 "달을 쏘다(1월 23일)", 시 '유언(2월 6일)', '아우의 인상화(10월 17일)'를 윤동주(尹東柱)와 윤주(尹柱)라는 이름으로 발표. 이를 계기로 '소년'잡지사 편집인 동요시인 윤석중(尹石重)을 만남. '소년'잡지에 동요 '산울림(3월호)'을 윤동주(尹東柱)란 이름으로 발표. 그때 처음으로 원고료 받음. '문장', '인문평론'을 매달 사서 읽음. 역시 신문, 잡지에서 우리 글 작가들의 작품을 스크랩함.

1940년(24세)

연희전문학교에 새로 입학한 하동 학생 정병욱(1922~1982)과 친교를 맺음. 리화녀전협성교회에서 케이블 부인이 지도한 영어성서반에 다님. 이해 여름 방학, 고향 룡정의 외삼촌 김약연 선생에게서 '시전(詩傳)'을 배움. 이 해무렵, 릴케, 발렐리, 지드 같은 작가들의 작품을 탐독하는 한편 프랑스어를 자습함. 고향에 오면 안과의사인 당숙 윤영선의 방에서 고전음악을 들음. 이 해(또는 다음 해) 논산, 부여 락화암 등지를 려행함.

1941년(25세)

5월, 정병욱과 기숙사를 나와 서울 종로구 누상동 9번지의 소설가 김송의 집에서 하숙(김송 소설가는 하숙생이 됨으로서 우연히 알게 됨)함. 9월, 경찰의 감시가 심해져 김송의 집을 나와 서울 북아현동의 전문적인 하숙집으로 옮김. 서정주(徐廷柱)시집 '화사집(花蛇集)'을 탐독. 12월 27일, 전시 학제 단축으로 3개월 앞당겨 연희전문학교 4학년을 졸업함. 졸업기념으로 19편의 시작품을 모아 자선시집 '하늘과 바람과 별과 시'를 77부 한정판으로 출간하려 했으나 뜻을 못이룸. 본래 예정했던 시집 제목은 '병원'이였으나 시 '서시'가 씌여진후 우와 같은 제목으로 바꿈. 자선시집 필사본 세부를 똑같이 작성하여 이양하(李揚河)선생과 정병욱(鄭炳昱)에게 한부씩 증정함. 정병욱은 그후 징병으로 끌려가게 되자 그 원고를 어머님께 맡기면서 소중히 잘 간수해주실것을 부탁하면서, 동주나 내가 다 죽고 돌아오지 못하면 조국이 독립되거든 이것을 연희전문학교로 보내여 세상에 알리도록 해달라고 유언처럼 남겨놓고 전장으로 떠나감. 정병욱 어머님은 원고를 명주보자기로 겹겹이 싼후 오지항아리에 넣고 집마루밑에 보관함. 오늘날 출판되여 있는 '윤동주시집'에 수록된 그 부분의 유일한 원고는 정병욱 보관본에 의한것임.

1942년(26세)

연희전문을 마치고 일본으로 갈 때까지 한개월 반 정도 고향집에 머무름. 윤동주는 나이와 경제사정 등으로 진학을 망설였으나 부친이 일본류학을 권고함. 윤동주네 일가의 가계(家計)가 어려워짐. 당숙 윤영선에게 서정주 시집 '화사집'과 미요시

(三好達治)시집 '춘의 갑(春의 岬)'을 선물. 리상작품읽기를 권장함. 이무렵, 키에르케고르를 탐독함. 룡정에 돌아와 박창해에게서 '큐리부인전'의 영문원서를 빌어 일역판본과 대조하여 읽음. 1월 19일, 졸업증명서 등 도일수속을 위하여 연희전문학교에 창씨계(創氏屆)를 제출함. 일본식 이름은 "히라누마 도주(平沼東柱)', 1월 24일에 쓴 시 '참회록'은 고국에서 쓴 마지막 시작품으로 됨. 4월 2일, 일본 도꾜 립교대학 문학부 영어과에 입학. 송몽규는 교또 제국대학 서양사학과에 입학. 일시 동경 한인(韓人)YMCA숙소에 기거하다가 개인집에 혼자 하숙. 학적부에 의하면 립교대학 한 학기 동안 "영문학련습과 "동양철학사" 두 과목만 수강하였는데 각기 85점 및 80점을 취득함. 윤동주는 립교대학 시절인 4-6월의 시작품 "쉽게 쓰여진 시"를 비롯하한 5편을 서울의 한 친구에게 우송함. 오늘날 발견할수 있는 마지막 시작품임. 여름방학에 마지막으로 룡정의 고향집으로 귀가함. 이때 동생들에게 '우리 말 인쇄물이 앞으로 사라질것이니 무엇이나 악보까지도 사서 모으라'고 당부함. 방학도중, 동북제국대학 입학을 목표로 다시 일본으로 건너 갔으나 10월 1일, 일본 교또 도지샤대학 영문학과에 입학하여 京都市 左京區 田中高原町 27번지 다께다(무전武田)아빠트에서 하숙생활함. 봄에 교또 제국대학에 와있던 송몽규는 左京區 北白川 東平井町 69번지에 하숙. 10월 29일 외삼촌 김약연 고향에서 별세.

1943년(27세)

1월 1일, 도꾜에서 온 당숙 윤영춘, 송몽규와 함께 비파호를 유람함. 일본 체류중 읽은 책중에는 '고호서간집', '고호의 일생' 등 있음. 여름방학중인 7월 10일, 송몽규가 교또 시모가모

경찰서에 독립운동 혐의로 검거됨. 7월 14일, 귀향길에 오르려고 배표를 사놓고 짐까지 고향에 부쳐놓은 윤동주는 고종사촌 송몽규와 같은 독립운동의 혐의로 역시 교토 시모가모경찰서에 검거되어 많은 책과 작품, 일기가 압수당함. 송몽규와 같은 하숙집에 있던 고희욱(高熙旭)도 같은 날 검거됨. 그후 교또 경찰서에 면회하러 간 당숙 윤영춘은 윤동주가 고오르기 형사와 대좌하여 우리 말 작품과 일기를 일역(日譯)하는것을 목격함. 외삼촌동생 김정우도 면회하러 갔을 때 같은 장면을 목격함. 12월 6일, 송몽규, 윤동주, 고희욱 모두 검찰로 송치됨. 고희욱은 송몽규와 같은 하숙집에 있던 학생으로서 윤동주와는 하숙 식당에서 두번가량 상면함.

1944년(28세)

1월 19일, 고희욱은 기소유예의 처분으로 석방됨. 2월 22일, 윤동주, 송몽규 기소됨. 3월 31일, 일본 교또지방재판소의 재판 결과 1941년 개정 치안 유지법 제5조 위반(독립운동) 죄명으로 징역 2년형(구형은 3년이였음)을 언도받음. 그중 미결 구류 일수 120일 산입됨. 4월 13일, 송몽규도 일본 교토지방재판소에서의 재판 결과 윤동주와 같은 죄목으로 역시 징역 2년형(구형 3년)을 언도받음. 미결 구류 일수 산입되지 않음. 윤동주와 송몽규는 일본 규슈(九州)후꾸오까((福岡)형무소에 투옥(날자 미상)됨. 수감후 고향에 보낼수 있는 서신으로 매달 일어로 쓴 엽서 한장씩만 허락됨.

1945년(29세)

2월에 엽서는 오지 않고 월중순이 지난 18일, '16일, 동주 사망, 시체 가지러 오라'는 전보가 고향집에 배달되어 윤동주의 사망이 알려짐. 부친과 양숙 윤영춘이 시신 인수차 일본으로 떠난 후, '동주 위독하니 보석할수 있음. 만일 사망시에는 시체를 가져가거나 아니면 규슈제대(九州帝大) 의학부 해부용으로 제공할것임. 속답 바람.'이라는 요지의 고인 생존시 보낸 형식의 우편통지서가 뒤늦게 고향집에 배달됨. 일본 후쿠오카 형무소를 찾은 부친과 당숙은 송몽규부터 면회, 매우 여위여 있음. 송몽규에게서 정체 모를 주사를 매일같이 맞고 있다는 말을 들음. '동주선생은 무슨 뜻인지 모르나 큰 소리를 외치고 운명했습니다'라고 일본인 한 간수가 말함. 형무소측에서는 운명시간이 2월 16일 오전 3시 36분임을 알려줌. 형무소에서 옥사한 윤동주의 시신을 인수, 화장. 3월 6일, 고향 룡정에서 윤동주 장례식 거행. 동산교회묘지에 묻힘. 장례식에는 '문우(文友)'지에 발표되였던 시 '자화상'과 시 '새로운 길'이 랑송됨. 3월 10일, 송몽규도 옥사함. 몽규의 부친이 시신을 인수, 화장. 송몽규(청년문사)의 골회함을 고향 명동에 묻음. 그후 송몽규의 골회함을 명동에서 다시 면회하여 고종사촌이고 친구이자 문우였던 윤동주의 유택 옆으로 옮겨 가지런히 묻음. 6월 14일, 윤동주 가족들에서는 동주의 묘에 '시인윤동주지묘(詩人尹東柱之墓)'라고 새긴 비석(비명과 묘비명은 윤동주 아버지 윤영석의 친구인 海史 김석관[金錫觀]이 짓고 새김. 비돌은 윤동주 할아버지 윤하연이 본인의 유택에 쓰려고 이미 골라뒀던 것을 내놓음. 비석앞에서 녀동생 윤혜원, 오형범 부부와 동생 윤광주, 당숙 윤영선, 종제 윤갑주와 함께 사진을 찍고 남김.)을 세움. 8월 15일, 윤동주, 송몽규가 사망한지 반년만에 일제기 패망함, 조선 광복됨.

1946년도

남동생 윤일주(1985년 작고)가 서울로 귀경.

1947년도

2월 13일자 '경향신문'에 정지용(鄭芝鎔) 시인의 소개문과 함께 윤동주의 시 '쉽게 씌여진 시'가 해방된 최초로 발표됨.

1948년도

1월, 유고시 31편을 모은 윤동주시집 '하늘과 바람과 별과 시'가 최초로 정음사에 의해 출간 발행됨. 12월, 윤동주 누이동생 윤혜원(남편 오형범)이 윤동주의 중학교 시절 시작품 필기장을 갖고 고향으로부터 서울로 이주(그후 호주 시드니에 거주, 2011년도 작고).

1955년도

윤동주의 시 88편과 4편의 산문을 모은 '하늘과 바람과 별과 시(증보판)'가 출간 발행됨. 현재 윤동주 시집의 기본이 됨.

1968년도

11월 2일, 연세대학교 학생회 문단, 친지 등이 모금한 성금으로 연희전문학교 시절 윤동주가 기거하던 기숙사앞에 윤일주가 설계한 윤동주시비가 처음으로 세워짐. 시비에는 윤동주의 친필시 '서시'가 새겨져 있음.

1995년도

2월 16일, 일본 교또 도지샤대학 內 윤동주시비 세워짐.

1985년도

연변대학 객원교수로 온 일본 도지샤대학 오오무라 마스오(大村益夫)교수와 연변 여러 지사들이 윤일주선생이 오오무라 마스오교수에게 그려준 묘역략도에 의해 룡정 동산 묘지에 있는 윤동주묘소를 찾음.

1992년도

9월 10일, 중국 길림성 룡정시 룡정중학교 교정 內 새로 복

원된 대성중학교 건물앞에 해외의 후원으로 윤동주시비 세워짐. 시비에는 '서시'가 새겨져 있음. 그후, 그옆에 윤동주 조각상이 세워짐.

1998년도

'연변문학'잡지사에서 해외 후원으로 '윤동주문학상'을 설립함.

2000년도

연변인민출판사 '중학생'잡지사에서 해외 후원으로 중국조선족중학생 '윤동주문학상'을 설립함.

2010년도

연길인민공원 '동시시비동네' 內에 연변작가협회와 연변청소년문화진흥회 주최로 윤동주시비 세워짐, 시비에는 동시 '참새'가 새겨져 있음.

2012년도

5월, 명동촌 윤동주생가 뜰안에 윤동주기념관이 개관. 윤동주 조각(윤동주 인물상과 '서시'와 함께 각인)상, 윤동주 시석림(詩石林), 윤동주 생애 석판화(石板畵) 등 조성되여 있음.

2014년도

9월 26일, 사단법인 룡정 윤동주연구회(회장 김혁소설가) 설립(매년마다 윤동주 기념 행사 꾸준히 진행함).

2015년도

2월 16일, 룡정 윤동주연구회 주최로 윤동주 타계 70주기 기념 행사 진행. 그후, 문화총서 '용드레'를 편찬. 첫기 총서는 윤동주 추모특집으로 묶어 출간, 발행.

2017년도

일본 우지시 우지강(윤동주가 마지막으로 사진 찍은 곳) 아마가세구름다리 옆에 윤동주 탄생 100주년을 기념하여 '시인 윤동주 기억과 화해의 비(碑)'가 세워짐. 시비에는 시 '새로운 길'이 조선어와 일본어로 새겨져 있음.

　2017년도

　2월, 룡정 윤동주연구회 주최로 大型 윤동주 탄생 100주년 기념 행사 진행(100여명 참가).

　　…

윤동주 시와 竹林 담시노트

초판인쇄 2024년 6월 30일
초판발행 2024년 6월 30일

지은 이   **김승종** 金勝鍾
펴낸 이   채종준
펴낸 곳   한국학술정보사
주   소   경기도 파주시 회동길 230(문발동)
전   화   031) 908 3181(대표)
팩   스   031) 908-3189
홈페이지 http://ebook.kstudy.com
전자우편 출판사업부 publish@kstudy.com
등록 제일산-115호(2000. 6. 19)

ISBN 979-11-7217-424-8 03810